DIT ZOU IN DE TEGENWOORDIGE TIJD
GESCHREVEN MOETEN WORDEN

Eerder verschenen van Helle Helle:

De veerboot (2007)
Het idee van een ongecompliceerd leven met een man (2008)
Naar de honden (2009)

Helle Helle

Dit zou in de tegenwoordige tijd geschreven moeten worden

Vertaald uit het Deens door Kor de Vries

2012

Uitgeverij Contact

Amsterdam/Antwerpen

Deze vertaling is mede tot stand gekomen dankzij een subsidie van Statens Kunstråd, Danish Arts Council.

Oorspronkelijke titel *Dette burde skrives i nutid*
Oorspronkelijke uitgever Samleren
Auteursfoto Robin Skjoldborg
Omslagontwerp Bart van den Tooren
Typografie binnenwerk Text & Image, Gieten
Drukker Koninklijke Wöhrmann, Zutphen
ISBN 978 90 254 3728 2
D/2012/0108/902
NUR 302
www.uitgeverijcontact.nl

1

Ik schreef te veel over die stoep. Daar sloot ik me in maart buiten. Daar zat ik in april te staren. Daar stonden mijn vader en moeder in hun donsjacks laat in mei. Allebei met het hoofd schuin.

De seringen bloeiden. Een bus reed weg bij het station. De warme dieselwalm, daarna opnieuw de seringen. Ik had blote armen, de lucht was warm en zacht.

'Je had deze vergeten,' zei mijn vader en hij gaf me de tas. 'We rijden heen, dweilen op en nemen af.'

'Papa heeft ze uitgelegd,' zei mijn moeder.

Ze draaiden zich om en liepen terug naar de auto, mijn moeder stapte in. Emmer en bezem staken omhoog op de achterbank. Mijn vader stak zijn hand op om te groeten, zijn haar verhief zich in de wind. Ik liep terug naar de keuken. Ik liet de deur achter me openstaan. Ik nam een glas melk. Dit is hoe het had kunnen zijn.

Ik had het grootste deel van de nacht gepakt en gesorteerd. Nu lagen mijn goede kleren in de geblokte koffer op de keukenvloer, de rest had ik weggegooid. Ik had drie zwarte vuilniszakken vol. Ik begreep niet waar al die kleren vandaan kwamen. Ik kon me niet herinneren dat ik zo veel kleren had gekocht. Er zaten T-shirts bij en sweaters en allerlei soorten leggings. Schoenen en laarzen, niet gedragen tweedehandsjurken.

In een van de zakken zaten ook mijn zogenaamde teksten. Ooit had het me onmogelijk geleken om een schriftelijke formulering weg te gooien, nu was ik er beter in geworden. Ik had geprobeerd niet in de papieren te lezen terwijl ik bezig was, maar een paar houterige zinnen waren me in het oog gesprongen. Ik had weggekeken, ik had met die zak lopen worstelen. Ik schreef in de regel te veel over verhuizingen. Nu die koffer op de keukenvloer, de zak met broeken lag in de vensterbank. Buiten bloeiden de seringen wit, langs de weg, en mijn vader en moeder zaten in een auto met een emmer en een bezem en waren in geen velden of wegen of in Glumsø meer te bekennen.

2

Ik had het huis het jaar ervoor gehuurd. Het was een bungalow niet ver van het spoor. Dorte paste de afstand af op haar witte klompen, terwijl ik in de voortuin stond en een hap van een appel nam. De verhuurder had ons rechtstreeks van de boom aangeboden, ze had een tak naar beneden getrokken toen de trein van drie uur binnenkwam. Ze droeg een pak, het zag er oncomfortabel uit. Het viel me op dat ze waarschijnlijk nog maar van mijn leeftijd was, rond de twintig. Ze nam zelf ook een appel, ze bleef die maar aan haar broek poetsen.

'Werk je hier in de stad?' vroeg ze.

'Nee, ik ben begonnen te studeren in Kopenhagen,' zei ik en ik had spijt van mijn infinitiefvorm, dat pak stond haar echt niet goed, haar armen pasten niet goed in de mouwen.

'Nou, maar dan zit je hier wel goed.'

'Dat was het idee.'

'Wat studeer je? Nu heeft je moeder waarschijnlijk de uitkomst,' zei ze en ze keek naar de weg, waar Dorte al mompelend vandaan kwam lopen met de wind in de lichte strepen van haar haar.

'Zevenentwintig meter ongeveer,' zei ze hardop terwijl ze haar ene voet omhoogstak.

'Ze is mijn tante,' zei ik.

'O, vandaar,' zei de verhuurder.

We mochten zo lang blijven als we wilden, we konden gewoon de deur achter ons dichtgooien. We zaten ieder op onze eigen gebarsten vensterbank in de woonkamer en spraken over de huur, ik zou het net kunnen redden zonder een lening af te sluiten. Uit het toilet kwam een lichte geur die aan brak water deed denken. Dorte stak een sigaret op, ze had altijd een aansteker in haar pakje zitten.

'Het is wel een mooi huis,' zei ze.

'Maar ik heb helemaal geen meubels.'

'Je krijgt mijn ladekast. En de blotebillenlamp, wil je die niet hebben?'

'Ik heb eerder een tafel nodig.'

'Heb je die in de schuur niet gezien?'

'Hier bedoel je?'

'Ja, vlak achter de deur,' zei ze en ze sprong op en ik liep achter haar aan.

Het was een keukentafeltje met zijflappen. Dorte knikte met haar sigaret in haar mondhoek en zei: 'Zie je het niet voor je bij het woonkamerraam?'

'Ik heb gordijnen nodig.'

'Dat hoeft toch helemaal niet, je kunt altijd lamellen kopen. Moet je dat zien,' zei ze en ze wees naar een koffieblik op de plank, maar toen kwam er een goederentrein aan en hadden we andere dingen aan ons hoofd. We stonden in de deuropening en keken naar de lange rij roestrode wagons.

Voor we weggingen maakten we een rondje door de tuin. Behalve de appelboom waren er ook peren en mirabellen en een enorme wildernis achterin, waarvan Dorte dacht dat het frambozen waren. We keken door alle ramen naar binnen, de woning was heel licht, de middagzon viel zachtjes op de vloeren. Dorte leunde met haar voorhoofd tegen het keukenraam en zei: 'Het moet gewoon wat worden opgefrist, het is een originele Vordingborg.'

Daarna draaide ze zich om en ontdeed eerst de ene en toen de andere klomp van gras en mirabellenpulp, ze veegde haar handen af aan een paar bladeren, keek op haar horloge en zei: 'Let goed op jezelf. Ik krijg een varken.'

3

Twee dagen later was ik er ingetrokken, het was op een vrijdag. Dorte bracht mijn verhuisdozen en meubels met haar bestelbusje, ze schonk mij haar oude, tweede tv'tje en de plastic stoelen. Aan het eind van de middag wist ik het tafeltje uit elkaar te halen en naar de woonkamer te brengen. Ik schroefde de poten er weer aan, het was een lastige manoeuvre het ding om te keren. Ik trok het naar het raam toe en ging zitten. Als ik naar voren leunde kon ik het stationsgebouw aan het eind van de weg zien. Aan de andere kant, bij de kruising, lag de kapsalon en een stukje verderop het hotel-restaurant. Ik dacht na over wanneer ik het beste avondeten kon maken. Ik had een paar diepgevroren pannenkoeken met kip in de aanbieding gekocht. Ik had ook meel, kruiden en schoonmaak-middelen gekocht, dat stond allemaal nog op het aan-recht. Ik was van plan kastpapier in de kast te leggen. Ik schreef het op een papiertje: kastpapier. Ik zat aan tafel tot de zon uit de kamer was verdwenen. Toen ik mijn pan-nenkoeken warm wilde maken, deed de oven het niet. Het lampje brandde, maar de oven bleef koud. Ik had nog steeds geen koekenpan, dus warmde ik de pannenkoeken op in een steelpan. Ze werden vochtig en brandden tege-lijkertijd aan. Ik stond bij het aanrecht te eten, eigenlijk had er eten moeten zijn voor twee dagen. Daarna moest ik even liggen, ik ging op de vloer in de woonkamer lig-

gen, het tapijt pluisde enorm. Ik had het al eerder geprobeerd los te trekken, maar het leek wel vastgelijmd, de
hele rubber achterkant bleef zitten.

Het raam stond op een kier. De koele avondlucht daal-
de neer op mijn hoofd. Het rook naar steak en iets gefer-
menteerds, appels en mirabellen, en uit de hoofdstraat
klonken heldere stemmen en gerinkel van glazen. Een
aankomende trein kwam langdurig piepend tot stilstand.
Een moment stilte, toen gingen de deuren open, opnieuw
stilte. Een enkele lach. Het fluitje en het dichtslaan van
deuren, het kraken van de wagons, de machinerie kwam
zwaar op gang en reed verder, ik had bijna gezegd 'voer
af'.

4

Mijn vader kreeg de geblokte koffer cadeau voor zijn meesterstuk, ooit was die in Hobro geweest. Ik leende hem toen ik voor de tweede keer het huis uit ging. Ik zou als oppas gaan werken in West-Seeland, ik moest op twee kinderen en een golden retriever passen. Ik was achttien. Ik moest ook maandag, woensdag en vrijdag schoonmaken, het lukte me alleen maandag en woensdag. Toen nam ik een bus terug naar huis, de koffer schuurde over de vloer tussen de stoelen. Ik zag een maïsveld net buiten Havrebjerg.

Vanaf dat moment bleef de koffer op mijn kamer staan, hij deed een tijdje dienst als nachtkastje. Mijn bedlampje wierp er de hele dag een witte lichtkegel op. Ik lag oude kruiswoordpuzzels te maken met balpen. Ik had maar weinig taken, maar ik moest mijn spijkerbroeken binnenstebuiten keren voor ik die in de was gooide.

Ik maakte iedere middag een wandeling. Ik liep de hoofdweg steeds verder af, voor ik me omdraaide en terugliep. Vaak kwam ik Per Finland tegen, hij wist ook niet wat hij moest doen. Hij bracht de dag door met het rondrijden op de minitractor van zijn oom en rookte Prince 100-sigaretten. Hij was per ongeluk lid geworden van de jongerenafdeling van de Socialistische Partij, hij was alleen maar naar een feest geweest bij mensen in Sandby. Ik begon met hem mee naar huis te gaan. Hij had een waterbed dat schommelde en klotste. Zijn ouders liepen in de tuin te fluiten. Ze waren het onkruid niet goed de baas, ze waren allebei leraar Deens. Als ik naar huis ging, zag ik zijn moeder in de woonkamer over haar werk gebogen zitten. Op een dag kwam ze naar de gang toe lopen om gedag te zeggen, haar kapsel hing als een gordijn voor haar gezicht.

'Ik ben zo blij dat jij en Per verkering hebben gekregen,' zei ze.

Ik wist niet wat ik moest antwoorden, ik dacht hoofdzakelijk aan haar kapsel.

'*Indeed*,' zei ik, en ze knikte een paar keer, ik had mijn sokken niet goed opgetrokken in de laarzen, ze krulden samen onder mijn voetholtes.

'Nou, wel thuis dan,' zei ze en ze knikte nog een keer, daarna liep ze terug naar haar werk.

Het erf lag bezaaid met grote, vettige esdoornbladeren. Ik liep door de velden naar huis, mijn laarzen werden steeds zwaarder. Elke dinsdag en donderdag kwam Dorte mee-eten, als ze geen vriend had. Zij nam altijd het vlees mee.

5

De eerste nacht in het huis sliep ik zittend. Ik zat in de leunstoel met mijn benen omhoog en het dekbed over me heen. Ik had mijn bed nog niet opgemaakt, hoewel Dorte me daarop had geattendeerd: 'Denk er nou aan om als eerste je bed op te maken, je bent altijd kapot na een verhuizing.'

Mijn sleebed was wel in elkaar gezet, het vulde bijna de hele slaapkamer, de deur kon nog net open. Eigenlijk was ik rond middernacht gaan liggen, ik had lang in het donker liggen staren. Er was niets te zien. Toen stond ik op en liep ik naar de woonkamer, deed de bureaulamp aan en ging in de leunstoel zitten. Ik zat heel stil te luisteren. Er was ook niets te horen. Ik stak mijn hand in mijn canvastas en vond een pakje kauwgum. Ik nam vier stukjes en lag te kauwen, het dreunde en denderde. Ik stopte met kauwen en luisterde. Ik kauwde tot ik niets meer proefde, daarna liep ik met de klomp kauwgum naar de keuken. Toen ik de deksel van de vuilnisemmer opende, viel de stang van de stofzuiger met een luide klap op de grond. Het geluid bleef in mijn oren zoemen toen ik weer in de stoel zat, nu met het dekbed over me heen. Ik vouwde het over mijn borst en viel in slaap met mijn hoofd naar beneden hangend, totdat rond zonsopgang een paar honderd meter lange goederentrein langsreed, mijn bureaulamp brandde in de ochtendschemering.

6

Ik zat bij de klaptafel en dacht na over het woord 'slaap-
ogen', het was zaterdagochtend, ik moest iets gaan doen.
De laatste spullen uitpakken en de lege verhuisdozen naar
de schuur brengen bijvoorbeeld, of onder de douche
gaan. Ik moest wat frisse lucht hebben, ik kon in ieder
geval de weg oversteken en het paadje langs de woonblokken nemen naar de supermarkt, wat groente kopen
en een paar appels voor in de trein volgende week. Ik
dacht aan mijn jeugdspaarrekening. Daarmee had ik het
al bijna drie jaar kunnen redden, maar nu was het geld
bijna op. Er was nog iets minder dan vierduizend kroon
over. Ik ontdekte dat ik recht naar mijn eigen appelboom
zat te kijken, ik was heel verbaasd, ik maakte een geluid,
kwam uit de stoel en trok mijn klompen aan. Ik plukte
vier grote, groenige appels en legde ze op de stoep bij de
deur. In de achtertuin ontdekte ik een waslijn tussen twee
perenbomen, maar er hingen geen peren aan de takken.
De bladeren hadden grote, bruine vlekken of begonnen
geel en rood te worden. Ik dacht er opeens aan dat ik mijn
maandabonnement moest verlengen, ik haalde mijn portemonnee uit de woonkamer.

Een oudere man op de fiets deed een brief op de bus
bij het station, hij zat op de fiets met een voet op de grond
terwijl hij de brief in de bus gooide. Op de eerste verdieping stonden de ramen open, ochtendmuziek stroomde

naar buiten, een hand met een stofdoek kwam tevoorschijn. Ik trok de deur open en liep naar het loket. De
man achter de balie draaide zich om met kruimels om
zijn mond van zijn broodje.

'Hallo.'

'Eet smakelijk.'

'Neem me niet kwalijk.'

Hij at glimlachend zijn mond leeg, hij had blond, halflang haar. Ik vroeg me af hoe hij in dit kaartjesloket terecht was gekomen. Er lag een opengeslagen tabloid op
tafel, erbovenop een boek over Pink Floyd waar een boe-
kenlegger uitstak.

Het was wat ingewikkeld met een maandabonnement,
want ik zat nu bij een ander vervoersbedrijf en hij moest
een heel nieuw abonnement voor me maken. Ik had nog
steeds een fotootje uit de automaat over, jammer genoeg
niet zo'n heel mooie pasfoto, ik legde het samen met het
geld voor hem neer op de balie. Hij knipte en vouwde en
gaf mij het nieuwe maandabonnement, hij glimlachte
voortdurend.

'Als je opschiet, kun je de volgende nog net halen,' zei
hij vlak voor ik wegliep.

'Nee, want het is zaterdag,' zei ik. Ik merkte dat hij me
nakeek.

Op het perron mengde de muziek van boven zich met
het geluid van een stofzuiger, om een of andere reden
haastte ik me naar het perron. Er was niemand die mee
moest. De trein kwam tussen de bomen aandenderen en
begon te remmen, ik hield mijn handen tegen mijn oren.
De deur voor me ging open, er stapte een lange jongen

uit, hij worstelde met zijn rugzak. De hoofdconducteur hing helemaal vooraan uit de trein met het fluitje in zijn mond en zijn blik op zijn linkerpols gericht. Hij keek op me neer en maakte een heftige, loodsende beweging naar de trein. Eerst schudde ik mijn hoofd, maar toen hij de beweging nog een keer maakte en floot stapte ik toch in. Ik nam snel de twee treden en stond toen even in de deuropening terwijl de trein langzaam op gang kwam, toen sprong ik weer terug op het perron. Ik viel schuin op mijn ene knie, de trein had nog bijna helemaal geen snelheid gehad, maar toch was het een behoorlijke val, maar ik kwam snel weer overeind. Ik liep het perron af en maakte een grote boog om het stationsgebouw heen. Er zat een gat in mijn spijkerbroek, het was mijn nieuwste. Ik had thuis de deur niet eens achter me dichtgedaan, hij stond wagenwijd open. Ik herhaalde de beweging van de hoofdconducteur terwijl ik door de voortuin liep, ik weet niet waar ik aan dacht.

Omdat het huis voor iedereen toegankelijk was geweest in de korte tijd dat ik op het station, op het perron, in de trein en weer op het perron was, bleef ik maar rondkijken. Ik keek achter alle deuren, in kasten en onder het bed, ik keek ook in het schuurtje en achter de olietank toen ik terugliep. Ik deed het terloops en zonder een speciale gezichtsuitdrukking, alsof ik een bal of een stuk gereedschap zocht.

Na afloop ging ik met naald en draad in de leunstoel in de woonkamer zitten en probeerde ik mijn spijkerbroek te repareren. Dat ging slecht. Ik zette de tv aan en

keek naar een tuinprogramma en daarna naar het zater-
dagse voetbal, terwijl ik het grootste deel van een rol
koekjes opat. Aan het eind van de middag viel ik in de
stoel in slaap, mijn hoofd bleef met kleine rukjes opzij
glijden. Uiteindelijk ging ik op de grond liggen waar ik
veel en veel te lang sliep, met een kussen op mijn borst
en met halfopen mond. In ieder geval was mijn keel ongelooflijk droog toen ik vele uren later in de donkere kamer wakker werd, maar dat konden ook de koekjes zijn
geweest. Nu zou ik 's avonds weer niet in slaap kunnen
vallen. Ik zou weer vierkantjes gaan zitten tekenen en
luisteren naar de nachtradio, tot de nachtradio ochtend-
radio was geworden en een zware goederentrein kwam
aandenderen. Dertig tot veertig wagons in totaal, Transwaggon, Transwaggon, mijn hoofd op het klaptafeltje leggen en mijn ogen sluiten, en liggen kijken hoe achter mijn
oogleden strepen veranderden in vierkanten en rechte
hoeken.

7

Vanaf het waterbed van Per Finland zag je de weg slingeren tussen weilanden, boerderijen en hutjes, dunne rook steeg op boven de percelen. Als we het raam openden, roken we het brandende berkenhout uit hun eigen schoorsteen. Per lag mijn rug te strelen met een ruwe vinger, zijn stem klonk ook ruw, hij schraapte vaak zijn keel. Thuis hadden wij elektrische kachels, we zaten te wachten op stadsverwarming. Maar Dorte kreeg na Slaglille een houtkachel, die ze stookte met melkpakken die ze had volgestopt met krantenpapier, ze stopte ze echt stampvol. Ik bewaarde onze melkpakken voor haar, dat waren er niet zo veel, maar ze had een afspraak met een kantine, ook over de kranten. Bij Per hadden ze een abonnement op *Politiken* en op *Voetbal Magazine*, het was Pers taak de brievenbus aan de oprit leeg te halen. Op een middag tijdens een weekend legde hij zijn lange armen om me heen op het bed. Ik was vroeg opgestaan en had een wandeling gemaakt, we waren elkaar tegengekomen op de kruising na de waterpoel, hij was die dag ook te voet. De wegen waren glibberig van kapotgereden aarde.

'Laten we naar huis gaan en al onze kleren uitdoen,' zei hij en hij pakte me bij de hand, onze rubberlaarzen sloften naast elkaar in de zachte berm.

Door het raam waren alle akkers bruin en zwart, de bosrand had ook zijn laatste kleur verloren. Een zwerm

kraaien vloog chaotisch op toen een minibus kwam aan-
rijden vanaf de hoofdweg. Zijn lichaam was heel warm
om tegenaan te liggen, hij had een goede bloedcirculatie.
Ik hield van de manier waarop hij zijn wenkbrauwen sa-
menkneep tijdens intens genot, zijn gezicht viel dan helemaal over me heen. Nu landden de kraaien daarbuiten
een voor een, uiteindelijk zaten ze allemaal weer op het
asfalt, schuifelend en pikkend.

'Waar zijn je vader en moeder naartoe?' vroeg ik.

'Naar een of ander banket.'

'Op dit tijdstip?'

'Het is een soort lunchbanket.'

'O, oké.'

'Ze komen pas over een paar uur thuis.'

'Werken ze op dezelfde school?'

'Nee, dat willen ze niet, dat zou funest zijn.'

'Ja, natuurlijk.'

'Maar dat banket is niet daar.'

'Waar?'

'Op een van de scholen.'

'Nee, nee.'

'Het is bij de imkers.'

'Hebben jullie bijen dan?'

'Alleen die toevallig langskomen. Nee, dat is heel wat
jaren geleden. Het was veel te veel werk.'

'Aha, op die manier.'

Hij stond heel lang onder de douche. Ik lag naar hem te
luisteren, het water in de badkamer stroomde met volle
kracht. Af en toe bracht hij een tevreden geluid voort. Ik

vroeg me af of hij dat ook zou hebben gedaan als ik er niet was geweest. Ik kwam uit bed en trok mijn broek en mijn trui aan, de damp stroomde vanuit de badkamer naar buiten. Hij stond met zijn ogen dicht onder de douche. Ik ging op de smalle vensterbank zitten, ik leunde met mijn hoofd tegen het raam. De kerstboom van vorig jaar stond nog steeds beneden op het terras, alle naalden waren er al af gevallen. Het leek een fijnspar te zijn geweest. Eindelijk werd de kraan dichtgedraaid, hij keerde zich om om zijn handdoek te pakken en glimlachte verbaasd toen hij mij zag.

'Hé, jij hier? Heb je je kleren aangetrokken?'

'Gewoon even tussendoor,' zei ik.

Toen we na een tijdje weer in bed lagen, ratelde de Volvo over het erf. Pers ouders kwamen opgewekt het huis binnen stampen, even later steeg er een koffiegeur tussen de vloerplanken omhoog. We gingen naar beneden en dronken een kop koffie met hen. Veel, heel veel later aten we diezelfde avond met z'n vieren lamsbout in de keuken. Ik had één keer eerder lam gegeten, bij Dorte. Het was in plaats van Chalcidice geweest, het was troostlam. Ze was net weggegaan bij de verhuizer, ze zouden samen op vakantie gaan. We waren slechts met zijn tweeën, de schaal was versierd met komkommer en feta. We zaten er lang naar te kijken.

'Wat een eetlust hebben wij,' zei ze en ze stak een sigaret op. Ze had zich veertien dagen lang voorgebruind bij Vorm & Figuur, haar stem en haar teint kwamen uit verschillende werelden.

8

Zondag na de middag werd ik ondanks vermoeidheid getroffen door een enorme effectiviteit. Ik had nu al twee nachten niet echt geslapen. Ik sleepte mijn wasgoed in een zak door de hoofdstraat in de richting van de kerk, en daarna een heuveltje af naar een hoek waar ik dacht dat er een wasserette lag. Dat was niet het geval. Er was helemaal geen hoek, er was een grasveld met een zandbak en een schommel, twee jonge meisjes zaten op een bankje te roken. Zij wisten niets van een wasserette. Het ene zei dat je je kleren kon laten reinigen bij de kleermaker. Ze had nieuwe, witte leren schoenen aan, ze liet het andere meisje haar peuken uittrappen. Het andere meisje dacht dat er onder in een flat in Sorø een wasserette was, ze wist het niet zeker, maar dat dacht ze. Haar oom woonde namelijk in Sorø. Terwijl ze praatten, bedacht ik dat ik geen muntstukken bij me had. Die had ik gebruikt toen ik gisteren mijn maandabonnement had betaald. Ik liep de heuvel op langs de supermarkt en door de hoofdstraat. De boekhandelaar had tijdschriften en wollen sokken in de etalage uitgestald, ik begreep eruit dat de sokken waren gemaakt door een vrouw uit de stad. Ze waren gestreept en lagen er in vele maten. Ik was er vrijdag geweest om stiften te kopen, de winkelbediende had gevraagd of ik markers bedoelde. Ze had een selectie op de toonbank gelegd, ik kocht er twee om niet krenterig te lijken.

Ik droeg mijn waszak op mijn rug, er zaten verschillende dingen in, handdoeken, broeken en heel veel blouses. Het was allemaal gekleurd wasgoed. Ik had verwacht dat ik voor twee machines had, nu liep ik naar huis en vulde de badkuip met waspoeder en warm water. Ik leegde de zak boven het water, roerde de was met een grote pollepel, en liet het daarna een poosje in de week staan.

In de woonkamer haalde ik een verhuisdoos leeg en legde de inhoud in de ladekast en onder in de kast in de slaapkamer. Ik maakte een kop koffie en dronk die staande bij het aanrecht, daarna liep ik naar de badkamer om de was uit te spoelen en uit te wringen. Het was zwaar werk, vooral de spijkerbroeken. Mijn handen werden helemaal rood, mijn knokkels brandden toen ik bij de waslijn stond met het wasgoed in een oude teil die ik in het schuurtje had gevonden. Hij was niet helemaal schoon, maar daar was niets aan te doen. Het wasgoed paste nét allemaal aan de lijn, als ik het in de breedte ophing. Ik had een grote badhanddoek en twee kleine bruine met daarop CAFAX geprint. Ik liep het schuurtje in en ruimde een beetje op, zette oude bloempotten in elkaar zodat ze maar de helft van de ruimte innamen, gooide een stapel vochtige kranten in de vuilnisemmer. De lucht was heel donker. Toen ik met een kop verse koffie in de keuken stond, begon het te regenen. Eerst heel zachtjes, maar in een mum van tijd sloegen de druppels tegen de ruit. Ik rende naar de tuin en haalde het wasgoed van de lijn, ik gooide het in de bijkeuken.

Aan het eind van de middag hing ik de was over alle stoelleuningen, over de ladekast en de radiatoren en zette de verwarming voluit. De woonkamer begon sterk naar wasverzachter te ruiken, ik zette het raam op een kier. Ik liep naar de slaapkamer en trok het dekbed over mijn hoofd. Toen ik wakker werd, begon het donker te worden. Ik liep naar de badkamer en poetste mijn tanden. Terwijl het schuim om mijn mond stond werd er aangeklopt. Het was een jong stel in regenjassen en met een lege picknick-mand. Ze wilden vragen of ze mijn telefoon mochten gebruiken.

'Daar is er eentje,' zei ik en ik knikte naar het station.

'Nee, want die doet het niet,' zei het meisje. 'Daarom vragen we het ook.'

'We zijn vergeten in Lundby uit te stappen, we willen dat alleen aan haar broer doorgeven. Hij staat daar op ons te wachten,' zei de jongen.

'Nou, maar ik heb geen telefoon. Ik ben hier net komen wonen.'

'Hij ook. Vandaar dat we zijn vergeten uit te stappen. Ja, niet hier dus,' zei het meisje en ze krabde aan haar dij, ze droeg een witte spijkerbroek die onder de grasvlekken zat.

'O,' zei ik.

'We denken dat het komt doordat ze hem niet hebben geleegd,' zei de jongen. 'Maar sorry dan voor onze verstoornis.'

Het meisje grinnikte en schudde haar hoofd om wat de jongen zei, ze tilde verontschuldigend de picknick-mand omhoog en zei: 'We zijn vanaf tien uur vanochtend in safaripark Knuthenborg geweest.'

'Misschien kunnen jullie het de mensen vragen die boven het station wonen,' zei ik. 'Daar woont in ieder geval iemand.'

'Goed, dan doen we dat, bedankt voor de hulp,' zeiden de twee als met één mond, en ze liepen het tuinpad af, draaiden zich om en zwaaiden, hun regenjassen lichtten op in de schemering.

Ik wist niet wat ik moest doen. Ik moest eigenlijk mijn haar wassen. Opeens bedacht ik dat ik geen avondeten had gegeten, ik liep naar de keuken en opende alle deksels, ik had pasta, pitabrood en meerdere blikjes tonijn, maar er was niets waar ik echt zin in had. Ik liep naar de kamer en keek naar het station, er brandde licht op de eerste verdieping maar er was niemand te zien. Ik stopte een briefje van honderd kroon in mijn zak plus de sleutel, trok een sweater aan en gooide de deur achter me in het slot.

De cafetaria was een uitgebouwde worstenkraam, een houten keet die op de parkeerplaats bij de bakker stond. Ik kocht een broodje hamburger en een portie patat en droeg de kartonnen doos met beide handen naar huis, het dampte door de gaten in het deksel. Toen ik in de buurt van het huis kwam, zag ik een jonge vrouw uit mijn voortuin stappen en langzaam naar het station lopen. Ze bleef staan en trok haar mouwen over haar handen, keek schuin achterom naar het huis. Zo bleef ze staan, nu met haar armen over elkaar, toen ze mij in de gaten kreeg. Ik wist niet of ik haar moest groeten. Ik draaide met de doos van de cafetaria de tuin in, maar toen kwam ze in beweging en stond ze al snel weer in de tuin.

'Hé, jij daar', zei ze.

Haar haar was nat, haar stem piepte een beetje. 'Het heeft dus geen zin dat je mensen naar ons toe stuurt om te telefoneren.'

'Nee. Sorry', zei ik.

'We willen niet Jan en alleman aan de deur hebben om allerlei mensen te bellen, dan moeten ze maar naar het tankstation gaan.'

'Het spijt me echt.'

'Of de telefoon achter de kerk gebruiken. De meeste mensen kunnen dat stukje best lopen als ze echt een telefoontje moeten plegen.'

'Natuurlijk.'

'Daarbij was ik ook nog met iets bezig', zei ze en ze trok haar jekker strak om zich heen.

'Het spijt me heel erg.'

'Goed.'

Ze knikte naar me, draaide zich om en liep terug naar het station. In de verte, op de stoep bij de lantaarnpaal, stonden de twee met de picknickmand naar me te kijken, het meisje zwaaide. Ik tilde mijn doos met eten van de cafetaria omhoog om hen te groeten, het meisje zei iets tegen de jongen, nu kwamen ze op me aflopen. Ik had een vragende gezichtsuitdrukking die van een afstand te zien moest zijn, maar uiteindelijk stonden ze naast me, het meisje glimlachte.

'Dat is echt heel, heel aardig van je', zei ze.

9

Daar zat ik dan tussen mijn wasgoed in de woonkamer met de patat en het jonge stel, het broodje hamburger had ik op het aanrecht laten liggen. Ze zaten beiden op het randje van hun stoel, het meisje wipte met haar ene voet, waardoor de klaptafel zachtjes schudde. Misschien had ik de schroeven niet helemaal vastgedraaid, het tafeltje leek wat gammel.

'Tast maar toe, hoor,' zei ik.

'Daar zeg ik geen nee tegen,' zei de jongen zonder iets te pakken.

'Onze trein vertrekt om twintig over tien,' zei het meisje.

De jongen keek op zijn horloge en zei: 'Dat is over exact een uur en vijftig minuten.'

'Hebben jullie je broer nog te pakken gekregen?' vroeg ik.

'Ja. Hij zou ons immers in Lundby ophalen,' zei het meisje.

'Ja, dat zei je,' zei ik en het meisje knikte.

'Hij is namelijk net verhuisd. Wij komen eigenlijk uit Sundbyvester. Dat wil zeggen, wij allemaal,' zei ze en ze bleef maar met haar voet wippen, de hele tafel trilde.

'Alle drie,' reageerde ik.

'Nee, eigenlijk vier, hij heeft ook een zoontje van twee,' zei de jongen.

'Dat zijn veel mensen,' zei ik.

'Dus we wilden op de terugweg even zijn woning bekijken. Maar nu gaan we gewoon naar huis,' zei het meisje.

'Je been, liefje,' zei de jongen, en toen glimlachte ze, ze
had een lieve glimlach, en daarna was het een poosje stil.

De trein uit Hamburg kwam aandenderen. Ik had minder dan een kwart van de patat gegeten, de jongen had er
maar eentje genomen.

'Je hebt je broodje hamburger vergeten,' zei het meisje
tegen mij.

'Ach ja, willen jullie die hebben?'

'Nee, die moet je toch zelf opeten? Wij hebben vandaag
al zoveel gegeten, we hebben helemaal geen honger.'

'Ik ook niet.'

'Dan kun je 'm morgen meenemen naar je werk,' zei de
jongen

'Wat voor werk doe je?' vroeg het meisje.

'Ik studeer. In Kopenhagen.'

'Echt waar? Nou, dan woon je hier heel goed.'

'Ja, dat kun je wel zeggen,' zei ik en ze knikten allebei,
ze zaten licht voorovergebogen aan de tafel met hun handen in hun schoot.

Ze vertelden over hun uitstapje naar safaripark Knuthenborg en de dieren die ze hadden gezien. Zo'n uitje
maakten ze één keer per jaar, zijn tante woonde in de
buurt van Nakskov, ze gingen in haar auto. Het was een
Opel met een grijs kenteken, ze maakte schoon bij mensen thuis. Ze gingen 's zomers dan wel altijd een dagje
weg, maar tante had haar pols gebroken. Ze was in mei

van een klif gevallen bij Hestehovedet in Nakskov, ze had een man zien lopen die ze dacht te kennen. Het was een gecompliceerde breuk, en het had een paar dagen geduurd voor die werd ontdekt. Het was steeds slechter gegaan, en uiteindelijk had ze met een opgezwollen arm in bed gelegen. Mensen bleven maar bellen om te vragen wanneer ze kwam schoonmaken. Uiteindelijk was het haar gelukt om naar Stokkemarke te rijden en in twee rijtjeshuizen te dweilen. Ze had zes weken in het gips gelopen, daarna was haar arm helemaal gevoelloos geweest. Ze was pas kortgeleden weer begonnen met autorijden, vandaar de wat late tocht naar Knuthenborg.

'Ze is in die weken heel veel klanten kwijtgeraakt,' zei de jongen.

'Ze is voor acht procent arbeidsongeschikt verklaard, ze is nogal afhankelijk van haar handen,' zei het meisje.

'Dat ben je namelijk,' zei de jongen. Ze knikten allebei en toen was het weer een poosje stil.

'Wat doen jullie zelf eigenlijk?' vroeg ik.

'Wij werken iedere zomer in pretpark Tivoli,' zei de jongen. 'Ik verkoop worst en zij is een eendenmeisje.'

'Zo hebben we elkaar ontmoet, twee jaar en drie maanden geleden. Het is niet te geloven,' zei ze.

Hij tikte op haar haar en zei: 'Ja, je hebt zelf toegehapt.'

'Ha ha,' zei ze en ze gaf hem ook een tikje op zijn haar. Toen schraapte ze haar keel en vervolgde: 'Nee, serieus. Tivoli is de leukste werkplek die er bestaat. Geen twee dagen zijn daar hetzelfde.'

'De rest van het jaar is een stuk erger,' merkte hij op.

Ze gaf hem een dreun en zei: 'Ha, ha, ha.'

We besloten de tv aan te zetten, ik had drie zenders maar er was niet echt iets op. Toch bleven we hangen bij een uitzending over stomme films, ze ging dicht tegen hem aan zitten en legde haar hoofd op zijn schouder, ik zag dat ze ertegen vocht om niet in slaap te vallen. Toen de uitzending was afgelopen stond ik op.

'We kunnen maar beter op tijd naar de trein gaan,' zei ik.

'O, loop je met ons mee? Dank je,' zei het meisje, en ze stonden snel op van hun stoel en trokken hun modderige gymschoenen aan. Ze waren nog ruim op tijd toen we afscheid namen op het perron. Ik zwaaide nog een keer toen ik terugliep over het spoor. Ze zwaaiden terug en toen vond de jongen iets in zijn regenjas dat hen bezig leek te houden. Ik waagde het een blik te werpen op de dienstregeling die aan de gevel hing. Er reden op zondag geen treinen meer. Dat ontdekten zij even later ook, ze haalden me in op mijn tuinpad, ze zagen wat bleekjes. Toen ik de sleutel in het slot stak, legde het meisje een hand op mijn schouder en bedankte me voor mijn vriendelijkheid. Ik antwoordde zonder me om te draaien.

'Je hoeft me nergens voor te bedanken.'

'Jawel, natuurlijk wel,' zei ze.

'We kunnen gewoon op onze regenjassen in de woonkamer liggen,' zei de jongen.

'Daar ligt toch vloerbedekking,' zei het meisje. 'We kunnen onze regenjassen over ons heen leggen.'

'Ik heb nog wel een paar oude dekens,' zei ik.

'Dan kunnen we morgen samen naar Kopenhagen reizen,' zei het meisje. 'Hoe laat gaat jouw trein?'

'Ja, alleen als je moet studeren of iets anders moet natuurlijk,' zei de jongen.

'Even over negen,' zei ik.

Ik sliep die nacht heel vast. Ik hoorde geen enkel geluid van het stel in de woonkamer of van de treinen of van de verwarmingsketel in de aangrenzende bijkeuken. Die moest anders wel de hele nacht aan zijn geweest, want het was heel warm in de slaapkamer toen ik wakker werd. Mijn wangen gloeiden. Het was buiten al helemaal licht, de lucht was blauw, ik werd een moment in beslag genomen door de aanblik van de schors van de oude perenboom, toen er voorzichtig nog een keer op de deur werd geklopt, waarna hij openging.

'Goedemorgen,' fluisterde het meisje. 'Ik wilde alleen maar even zeggen dat het al half negen is.'

Ze had haar regenjas al aan, de jongen stond met zijn ronde, glimlachende gezicht achter haar schouder. 'We zijn zo vrij geweest koffie te zetten. Alsjeblieft,' zei hij en hij stapte naar voren met een beker in zijn uitgestrekte hand.

Ik kwam snel uit bed in mijn nachtjapon en zei: 'Dank je.'

'We wisten niet of we je al eerder wakker moesten maken. We dachten dat je misschien het type was dat heel snel klaar is.'

'Ja ja,' zei ik en ik nam een slok, het was heel sterke koffie. Ze stonden naar me te kijken.

'Neem me niet kwalijk, ik ben een beetje slaperig,' zei ik.

'We wachten wel in de tuin,' zei het meisje.

'De zon schijnt zo heerlijk, het gebeurt niet vaak dat we 's ochtends buiten onze koffie kunnen drinken. Zoals ik al zei is het nog maar half negen,' zei de jongen.

Ik kon ze in de tuin horen praten terwijl ik mijn kleren aantrok en mijn haar probeerde te doen voor de spiegel in de hal. Ik had het warm en was duf van de slaap. De ene stem daarbuiten werd afgewisseld door de andere, ik kon de woorden niet onderscheiden. Ooit lag ik een hele dag op het strand terwijl ik om me heen zachte stemmen hoorde praten. Ik beschouwde het daarna als een groot geluk zo te liggen, onopgemerkt te midden van een stroom gedempte gesprekken.

Ik kreeg mijn haar niet goed, het stond aan een kant rechtovereind, ik had er de hele nacht op gelegen. Ik maakte het met een beetje water nat en bond het in een losse paardenstaart, toen pakte ik mijn leren jas en liep naar de woonkamer voor mijn tas en een boek. Al mijn wasgoed lag in een sierlijke stapel opgevouwen op de klaptafel. De radiator stond nog steeds op de hoogste stand, ik zette die lager en pakte mijn sleutel van de ladekast, daarna liep ik naar de twee buiten.

'Was het vijf over negen?' vroeg het meisje.

Ik knikte en antwoordde: 'Ja. Hebben jullie treinkaartjes?'

'Neuh. Die moeten we nog kopen. Heb jij eigenlijk geld, Lasse?' vroeg ze, wat het geval was, of in ieder geval bijna, toen we op het perron stonden hoefden ze maar veertig kroon van mij te lenen. De trein was op tijd, maar overvol. We liepen hem helemaal van voor tot achter door, maar er was maar plek voor twee personen.

'Ga jij daar maar zitten,' zei het meisje tegen mij. 'Ik zit wel gewoon op schoot.'

Toen ging ik bij het raam zitten met Lasse naast me en zij boven op hem, hun regenjassen ritselden. Hij blies haar haar uit zijn gezicht, ik haalde een boek uit mijn tas. Sloeg het open, keek naar een roodachtige bosrand en een zwerm meeuwen boven de velden, even later roeken en ganzen, een blauwe tractor met open portier, achtergelaten op een perceelgrens, de chauffeur op zijn knieën zoekend in de ploegvoor. Ik zag hem nog net overeind komen en berustend zijn hoofd schudden voor we er voorbij waren, daarna niets, en toen de ontelbare pannendaken van Ringsted.

De moeder van Per Finland heette Ruth, ze redigeerde een klein tijdschrift. Ze had toestemming gekregen de kopieerfaciliteiten van de school te gebruiken. Leraren, leerlingen en andere geïnteresseerden konden gedichten en korte verhalen aanleveren voor in het tijdschrift. Ze zat met haar papieren aan de eettafel zich te verkneukelen, een handenarbeidleraar had op rijm een sprookje geschreven over Hans Christian Andersen, het was niet heel slecht, maar ze kon het niet publiceren. Het tijdschrift heette zelfs *Het eendje*, ze had het idee gekregen tijdens de grote griepepidemie van vorig jaar. Ze sloeg op de zitting van de stoel naast haar, ik kwam van de bank, liep erheen en ging naast haar zitten.

'Schrijf jij gedichten?' vroeg ze.

'Neuh.'

'Dat moet je gaan doen. Per zegt dat jij goed kunt schrijven.'

'Dat kan ze ook,' zei Per half liggend op de bank, hij had een lange pony gekregen die zo nu en dan in botsing kwam met zijn wimpers.

'Je zou dat lied eens moeten zien dat ze voor de verjaardag van haar tante heeft geschreven,' zei hij.

'Hoe oud is ze geworden?'

'Nou, drieënveertig nog maar,' zei ik.

'Mag ik het eens horen?' zei ze en ik schraapte mijn

keel en begon te zingen, mijn stem trilde. Ik moest lang pauzeren tussen twee coupletten, waarbij ik nog een keer mijn keel schraapte. Ik zong het veel ernstiger dan het lied was bedoeld. Ruth hield haar hoofd schuin, Per was rechtop gaan zitten op de bank. Toen ik klaar was ging de deur van de werkkamer open, Pers vader stond in de deuropening met zijn blokfluit.

'Niet nu, Hans-Jakob,' zei Ruth, ze leunde achterover op haar stoel en glimlachte naar me. Ze zei: 'Dat is echt een mooi lied. Ik wil het graag publiceren.'

'Is het niet een beetje te persoonlijk?' vroeg ik.

'Nee, hoor. Dat maakt niet uit.'

'Dat was toch een feestlied, of niet?' vroeg Hans-Jakob.

'Ja, voor haar tante,' zei Per.

'Wanneer is het feest?'

'Dat is al geweest. Of eigenlijk, er was geen feest,' zei ik.

'Ze waren maar met zijn tweeën,' zei Per.

's Avonds dronken we een Spaanse rode wijn bij de stoof-schotel, we zaten urenlang in de keuken te praten. Het vuur bulderde in de houtkachel, we lachten om de vers-voeten van de handenarbeidleraar. Per strekte zijn benen uit onder de tafel en pakte mijn ene been vast. Vlak voor middernacht liep Ruth naar de provisiekast en improvi-seerde een dessert van gekonfijte abrikozen met praline, Pers vader opende een fles dessertwijn en ik dacht: ik ben volwassen. Ik zit aan een tafel. Ik was negentien, de maan hing boven de stal. Een paar weken later was ik daar sa-men met Per ingetrokken, op de eerste verdieping, in de gerenoveerde eenkamerwoning met eigen douche en toilet, het was de derde keer dat ik uit huis ging. Van mijn vader en moeder kregen we een tinnen beker als verhuiscadeau, maar ze hebben de woning nooit kunnen bekijken.

12

De eerste keer dat ik het huis uit ging trok ik bij Dorte in. Dat was tijdens de middelbare school, het was een strenge winter geweest. Iedere dag fietste ik twee kilometer achterlangs via de dreef naar de bushalte, mijn pas gewassen haar bevroor tot ijspegels. Ik nam de bus naar Næstved, daarvandaan ging ongeveer iedere twintig minuten een stadsbus. Dorte vond dat allemaal veel te lastig voor mij. Zij had een driekamerappartement gekregen in het centrum van Næstved.

's Ochtends, als ik opstond, had ze water in het koffiezetapparaat gedaan. Ze had een ochtendgroet geschreven op het koffiefilter, mijn beker stond op een dienblad, met de boter en de jam. Ik roosterde brood en ging in de woonkamer zitten. Ik hoefde pas op het allerlaatste moment op de fiets te stappen. Soms was ze vastgelopen bij het maken van een kruiswoordpuzzel en had ze die voor me achtergelaten, het potlood lag als een half opgerookte sigaret in de asbak. 's Avonds speelden we hints, we lachten zo hard om Dortes inspanningen dat de onderbuurvrouw belde om te klagen.

'Dat zullen we doen, tuttebol,' zei Dorte, haast nog voor ze de telefoon had neergelegd, waarna we beiden onze plaid vastgrepen en in de wol verder lachten tot onze tanden begonnen te knarsen.

Dorte was van mening dat zij de kunstbontjas in Midden- en Zuid-Seeland had geïntroduceerd. Ze had er vier gehad, maar de roze was helemaal af en de lange had ze cadeau gedaan aan een dakloze. Ik kreeg die met Mickey Mouse erop, we stonden voor de spiegel in haar slaapkamer.

'Die staat je goed, die krijg jij,' zei ze. 'Wat je al een jaar niet hebt gedragen, moet je wegdoen.'

'Vind je?'

'Ja, behalve begrafeniskleding.'

Ik draaide me een keer om voor de spiegel, maar toen werd er aangebeld, het was mijn moeder. Ze was naar de oorarts geweest, nu kwam ze alleen even langs om een paar boeken te brengen die ik misschien miste. Ze had ook haar haar laten doen, Dorte complimenteerde haar ermee. We bleven in de gang staan, ze hadden geen parkeerplaats kunnen vinden, mijn vader stond beneden te wachten. Ik miste die boeken helemaal niet. Mijn moeder zei niets over de bontjas. Dorte zei niets over de parkeerplaats op het binnenplein, maar ze moest ook terug naar de winkel, ze was maar een uurtje thuis geweest.

Het viel me zwaar de bontjas aan te trekken. Iedere dag trok ik mijn oude wollen jas aan, de bontjas hing ik op het balkon zodat er sneeuw op kon vallen en hij nat zou worden voordat Dorte om zes uur 's avonds thuiskwam. Dan ging de voordeur open en verspreidde zich een geur van gebakken uien. Ze zette het eten op de warmhoudplaat, deed haar joggingpak aan en trok naast me op de bank haar benen onder zich.

'Gebruik je de bontjas niet vaak?' vroeg ze.

'Niet echt, nee.'

'Weet je wat, we geven hem gewoon aan de zus van Vagn. Het is ook wel een beetje meer haar stijl.'

Ik had nog niet eerder van Vagn gehoord, maar diezelfde avond kwam hij langs, hij had een karakteristiek gebit, en een kleine maand later zei Dorte de huur op. Ik ging half april weer terug naar huis, de anemonen schitterden op de bosbodem als ik aan het eind van de middag met mijn tas op de bagagedrager achter de dreef langs terugfietste. Alles rook naar aarde en planten die uitliepen, mijn vader en moeder zwaaiden me elk vanaf hun eigen plek op het erf tegemoet. De hele zomer spraken we niet over Dorte, ik fietste stiekem naar Skelby om haar te bezoeken, ik kocht nieuwe aardappelen bij een kraampje langs de weg. Vagn lag voor haar voeten op het terras met een sigaret tussen zijn voortanden, ik voelde me zo stom met die aardappelen. Maar toen kwamen het najaar en de winter, en nog voor ik eindexamen deed was Dorte dinsdags en donderdags weer terug in onze keuken, mijn moeder stond met haar rug naar haar toe bij het aanrecht en roerde ergens lange tijd in met het een of ander.

13

De lucht boven het Centraal Station van Kopenhagen was knalblauw, we waren aan het eind van het perron de trap op gelopen naar de Tietgensgade en gaven elkaar een hand. Ik hield mijn jas bij mijn hals dicht, ergens waaide ijskoude wind vandaan, het meisje rilde ook, haar ogen waren waterig, haar haar danste.

'Hartelijk dank voor alles,' zei ze.

Lasse viel haar bij: 'Ja, dat was echt heel aardig van je.'

'Het ga je goed. Welke kant moet jij op?' vroeg ze en ik wees waar ik naartoe moest, die kant moesten zij ook op, we liepen naar de verkeerslichten en wachtten tot het groen werd. Bij de bushalte aan de overkant trok lijn 12 op met een wolk diesel.

'De volgende keer hopelijk wat meer geluk,' zei ze, nu sprong het verkeerslicht op groen en we stapten de rijbaan op, de tas gleed van mijn schouder. Een automobilist moest afslaan en wachtte voor ons, een ander toeterde naar hem, iemand begon te schreeuwen. Mijn paardenstaart waaide in mijn gezicht, en toen waren we aan de overkant in de luwte van het gebouw, we bleven alle drie bij de bushalte staan.

'Moet jij ook met de bus?' vroeg het meisje.

Ik schudde mijn hoofd en zei: 'Nee, normaal gesproken loop ik.'

'Dat doen wij vandaag normaal gesproken ook,' zei

Lasse en hij sloeg zichzelf op de ene jaszak van zijn regenjas.

'Hé, studeer jij op de universiteit op Amager?' vroeg
het meisje en ik knikte, we begonnen alle drie weer te lopen, ze liet hem voorop en zelf bleef ze bij mij. Ze zei:
'Dan lopen we met je mee tot aan de deur, we moeten
precies dezelfde kant op.'

Lasse wees de weg, hij loodste ons zebra's over en
straathoeken om, over de Langebro en het trapje af aan
de andere kant van het water. Hij stond onder aan de trap,
maakte een armgebaar en zei: 'Islands Brygge, dames.'

We kwamen langs de Brugsen-supermarkt in de
Njalsgade, ze vertelde dat ze een keer een haarelastiek
hadden gevonden in een pak farce dat ze daar hadden gekocht. Ter compensatie had de bedrijfsleider hun een
voordeelpak van vijf kilo varkensvlees gegeven en een
boeket rozen, dus alles bij elkaar was het een goede deal
geweest. Dat was natuurlijk niet fijn met dat elastiek, het
was zo eentje met glitters. Lasse had hem in zijn gehaktbal
aangetroffen. Nog lange tijd daarna was het een sport geworden om fouten te vinden bij de boodschappen die ze
kochten. Ze hadden ook een wesp in een potje jam gevonden. We waren er nu bijna, de København Universitet
Amager – KUA – lag vlakbij aan de rechterkant. Bij de fiet-
senstallingen wilde ik afscheid nemen, maar Lasse schudde zijn hoofd, liep helemaal mee tot aan de ingang, opende een van de deuren en hield die voor me open. Hij zei:
'Nog een fijne dag. Nogmaals bedankt voor de hulp.'

'Leuk om je te ontmoeten,' zei het meisje en ze stapte

naar voren en omhelsde me voorzichtig, twee jongens met leren tassen liepen langs, er hing een geur van muskusolie om hen heen. Ze verdwenen in de deuropening waar Lasse stond.

'Ik moet een beetje opschieten,' zei ik.

'Nou, succes met alles dan maar.'

'Ja, jullie ook.'

'Dank je.'

'Ja, tot kijk dan maar,' zei ik en ik stapte naar binnen. Lasse liet de deur los en die viel dicht. Ik liep naar de prikborden en bleef daar een poos staan. Mijn neus liep, ik zocht naar een zakdoek in mijn tas zonder er een te vinden. Daarna ging ik naar de wc, een meisje met een schuine pony knikte tegen me en ging verder met haar lippenstift, ik snoot mijn neus, bekeek mezelf in de spiegel en liep weer naar buiten. Bij de ingang deed ik de deur open, nu waren ze verdwenen. Ik voelde alweer snel de harde wind en liep terug naar de Artillerivej, sloeg die in en liep weer naar het centrum. Nog steeds de leren jas met een hand bij de hals dichthoudend. Mijn tas bleef van mijn schouder glijden, uiteindelijk deed ik de riem over mijn hoofd. Fietsers belden, een bus remde hard en trok meteen weer op. Aan de rechterkant bij de Langebro trok een lang, dun meisje haar kleren uit en sprong in het water, een hoop kabaal, en een ander meisje stond klaar met een camera en een handdoek. Bijtend koude windstoten.

Ik kocht een broodje en een kop koffie bij de banketbakker in de winkelpassage. Het was een dure zaak, maar je kon er heel lang blijven zitten, en het water was er gratis. Ik zat helemaal achterin, tegen de muur, ik pakte mijn boek en probeerde te lezen. Na een klein uur liep ik de Scala in, struinde rond op de verschillende etages en keek naar sieraden en spijkerbroeken, ik nam de roltrap naar de bioscoop, maar er draaide geen enkele film die ik zou willen zien. Voordat ik naar huis ging, kocht ik een honingmeloen bij de Irma. Ik zat in de trein met de meloen in mijn canvastas, ik keek naar de achtertuinen, de schuren en de huisjes, ik dacht aan mijn eigen bungalow met de appelboom en de ontbrekende gordijnen. Het was een heel treurige meloen. Ik legde hem in het raam in de keuken, daar lag hij tot ver in november.

14

Iedere avond zette Per de wekker, en iedere ochtend versliepen we ons. Het was al helemaal licht als we compleet in elkaar verstrengeld wakker werden, ik wist me los te worstelen en stapte uit bed. Zijn ouders waren allang naar hun werk gereden. Op het erf stapte een fazant parmantig rond, hij vloog op en landde met een luid gekrijs op de voederplank. De ringmussen zaten als kleine, opgeblazen bolletjes wol in de bosjes, ik zei het tegen Per: 'Moet je die ringmussen eens zien. Ze zijn helemaal opgeblazen.'

'Dat ben ik ook na gisteren,' zei hij en hij kwam naar me toe en sloeg zijn armen om me heen, ik legde mijn hoofd achterover tegen zijn schouder.

'Maar de broodjes met garnalen waren heerlijk,' zei ik.

Ik was begonnen skisokken te dragen, ik had een paar van Ruth gekregen, ze had ze bij Abrakadabra gekocht. Ze had ook een hangmat voor ons gekocht, die hing nu tussen de dakspanten in onze eenkamerwoning en zat vol met onze vieze kleren. Per was erin aan het zoeken naar een T-shirt, hij kon binnenkort een paardenstaart maken.

'Zullen we vandaag naar de sporthal gaan?' vroeg hij.

'Om wat te doen?'

'Badmintonnen. Dinsdags zijn er altijd banen vrij.'

'Jij wilt toch helemaal niet tegen mij spelen?'

'Jawel, dat wil ik heus wel.'

'Ik kan trouwens niet, ik moet werken.'

'O ja, dat is ook zo. Dan ga ik mee.'

'Dat hoeft niet.'

'Jawel, ik ga gewoon buiten zitten wachten.'

'Het is toch veel te koud vandaag.'

'Dan neem ik wel een bal mee. Of ik ga naar binnen en speel met een van de kleintjes.'

'Dat kun jij helemaal niet.'

'Dat kan ik best.'

Ruth had me een baantje bezorgd voor twee dagen in de week, op een naschoolse opvang in de buurt van haar school. Ik maakte huiswerk samen met een jongetje dat Niller heette. Op maandag en woensdag kwam ik om twee uur 's middags opdraven, precies op het moment waarop alle kinderen en personeelsleden hun koekjes en fruit opaten. Niller werd elke keer zó boos. Hij stond dan met gebalde vuisten van tafel op, zijn kleine schouders trilden. Dat was niet het beste uitgangspunt voor het maken van huiswerk. Maar het baantje was tussen twee en drie, dus zo ging het. We zaten in een kamertje tussen kussens en bordspellen met de boeken voor ons, er hing een zoetige geur van ongewassen hoofdhuid en lunchpakketten, en van opgedroogde modder. Ik kreeg goed betaald, ik zei tegen Ruth dat ik huishoudgeld wilde betalen, maar ze sloeg haar ogen ten hemel. Per had het baantje vóór mij gehad, gedurende anderhalve week, maar hij kon niet lesgeven als het om wiskunde ging. Hij had het raampje in het kamertje opengedaan en had heel vaak 'godverdegodver' gefluisterd terwijl Niller stijf als een plank achter hem zat met zijn wiskundeboek voor zich. Toen ik mijn eerste loon kreeg, ging ik naar de bloemist vlak bij de school en kocht ik een grote vetplant voor Ruth. Daar was ze heel blij mee, ze zette hem op de grond naast het spinnenwiel.

Per liep met me mee naar mijn werk en weer terug, hij kietelde me zo hard terwijl ik op het waterbed lag dat ik bijna flauwviel, hij trok een aantal keren per dag zijn kleren uit en weer aan en ging mee naar de huisarts toen ik zwanger was geworden, en ook mee in de bus naar het ziekenhuis zeven lange dagen later, en op de terugweg diezelfde middag had hij een cadeautje voor me gekocht, een haarspeld van een zilversmid, gemaakt van een eetlepel van sterlingzilver. Ik was opgelucht en voelde me fit, ondanks de narcose, we zaten voortdurend te lachen, tot de chauffeur ons tot stilte maande. Maar 's avonds ging ik voor het eten naar bed, Per zei tegen zijn ouders dat ik me slap voelde. Even later kwam hij met twee sneetjes roggebrood naar me toe, elegant versierd met kruidkers en gelei, hij had heel erg zijn best gedaan. Hij aaide me over mijn rug, hij zette een glas melk op mijn nachtkastje.

Op een dag maakten we een lange wandeling. We liepen door het bos naar de andere kant van de rivier en daarna de kronkelige landweg af. De zon had de hele week geschenen, maar 's nachts vroor het nog steeds. De akkers waren wit. We liepen hand in hand, behalve als er een auto aankwam. Dan gingen we in de berm staan, de sneeuw was keihard aan de bovenkant, die kon je dragen. We stonden te zoenen terwijl er twee auto's langsreden, de achterste ging langzamer rijden en stopte een stukje verderop. Het waren mijn vader en moeder. Ze stapten uit en we liepen hen tegemoet. Het was de derde keer dat ze Per ontmoetten. Ze gaven hem een hand, Per lachte veel, zijn lange pony viel over zijn gezicht. Hij trok zijn ene want uit en deed zijn haar achter zijn oren, het was eigenlijk beter geweest als hij dat niet had gedaan. Mijn vader omhelsde me, mijn moeder ging heel dicht bij me staan, mijn vader vroeg aan Per of we het huis warm konden krijgen. Per glimlachte nog steeds veel en had het veel te druk met zijn haar, er reed een auto op hoge snelheid langs, we moesten allemaal aan de kant van de weg staan, in de sneeuw.

Toen ze verder waren gereden, liepen we een heel eind zonder iets te zeggen, bij het moeras draaiden we om.

'Heb jij geen servetje waarmee je je neus kunt snuiten?' vroeg ik.

'Nee. Dat heb ik niet.'

'Kun je dan geen blad pakken? Je loopt de hele tijd je neus op te halen.'

'Stoort je dat?'

'Ja, anders zou ik het niet zeggen,' antwoordde ik, ik herkende mijn eigen stem bijna niet, ik overwoog om me voorover te laten vallen in een sneeuwbank. Onder andere omstandigheden had ik dat best kunnen doen, en Per zou me onmiddellijk zijn gevolgd. Maar ik liep stevig door, ik was hem voortdurend een klein stukje voor. Bij de bosrand vloog een buizerd op van een hekpaal vlak bij ons, we voelden de luchttrilling, we schrokken ons lam. Het hielp dat we lachten. Even later trok Per zijn hand terug, zodat ik met zijn lege want in mijn hand liep. Telkens wanneer hij dat deed was ik weer net zo verbaasd, ik werd maar niet wijzer.

Toen we thuiskwamen bakten we een frambozentaart. Terwijl het kruimeldeeg zich ophoopte, deed ik de afwas van de dag ervoor en nam ik ook de keukenkastjes af met een vaatdoek. Ze waren geel met blauw, Per had ze een paar jaar geleden geschilderd. Hij had zelf de kleuren mogen kiezen, en toen hij klaar was had hij een enorme bloem op de stalgevel geschilderd. De bloem was een oriëntatiepunt in het landschap geworden, je kon hem helemaal vanuit Aversi zien.

We aten elk drie stukken frambozentaart. De rest legden we op een schaal voor Ruth en Hans-Jakob, daarna staken we het erf over naar onze woning en gingen even liggen. We werden pas laat in de avond wakker, nu zouden we een flink aantal uren niet meer kunnen slapen.

15

Ze hadden hun picknickmand vergeten, die stond half in de bosjes in de voortuin. Ik ontdekte hem dinsdagochtend, toen ik op weg was naar de trein. Ik had nieuwe oogschaduw op, hij was dofgroen en moest hoog doorlopen, helaas waren mijn oogleden niet zo gewelfd. Ik had slechts een paar minuten voor de trein vertrok, dus ik liet de mand staan. Ik liep door het stationsgebouw, de jongen van de kaartverkoop was bezig met een klant.

De zon scheen ook vandaag, maar het was bijtend koud. Ik had spijt van mijn dunne regenjas. Ik had hem voor vijftig kroon gekocht in een kringloopwinkel, in de jaszak zat nog een visitekaartje van een kapper. Ik had ook een alpinopet gekocht, die zette ik pas na Roskilde op. Overal in de coupé werd gepraat. Een schoolklas had de coupé ernaast gereserveerd, de lerares en twee van de leerlingen zaten bij ons. De schuifdeur ging voortdurend open.

'Pas op het Centraal Station uitstappen toch, Hanne?'

'We hadden geen huiswerk voor Engels morgen, toch?'

'Kunnen we nog iets te drinken kopen?'

'Ja, ja, natuurlijk, blijf nou maar gewoon zitten,' zei ze en ze stond op, ze stapte de andere coupé binnen en herhaalde haar bevel, keerde met verontschuldigende wenkbrauwen onder haar brede leraressenbobkapsel terug en zei: 'Er was geen plek voor ons allemaal in één coupé.'

'Het valt niet altijd mee. Gaan jullie voor je plezier naar de hoofdstad?' vroeg een oudere man.

'Het Aardrijkskundig Museum,' antwoordde ze en ze knikte en rommelde in haar tas, de twee leerlingen keken afgunstig naar hun klasgenoten in de andere coupé.

'Naar de Øster Voldgade dus,' zei de man, en ze knikte nog een keer. De man keek schuin naar mij en zei: 'Dat ligt namelijk aan de Øster Voldgade,' en ik knikte ook, hoewel ik geen idee had waar dat was. Maar ik kende Albertslund wel, daar boemelden we net langs. Daar was ik drie weken geleden geweest voor een zogenoemde leesgroepbijeenkomst. Het was een oprichtingsbijeenkomst, we hoefden niet iets speciaals te lezen. We waren met zijn vieren. Degene die in Albertslund woonde heette Margrethe, zij droeg ook een alpinopet. Eigenlijk had ze rechten gestudeerd, maar dat was een vergissing, ze had die studie alleen gekozen om politieke redenen, zei ze. Ze had geitenkaas, stokbrood en rode wijn gekocht, ze zette koffie met een cafetière en verwarmde de melk. Ze had een boekenkast met een trapje eraan en een echte bank. Ze was twee jaar ouder dan ik. De anderen waren nog ouder, zij heetten Benny en Hase. Benny was een vrouw. Haar lach was hoog en hees, bij gebrek aan Cecil rookte ze Look, waar ze het filter van afbrak. Met Hase was iets eigenaardigs. Hij had een kromme rug en zijn broeksband zat wat te hoog. Maar hij had een lief gezicht, hij was lid van het kerkkoor in Greve Landsby. We hadden drie flessen rode wijn gedronken en hadden besloten onszelf 'De oudjes' te noemen. Toen ik naar huis moest, reisde ik samen met Hase, het was 21 minuten met de S-trein.

Hij nodigde me voor de volgende dag uit om te lunchen in de kantine, hij leunde naar voren en kuste mijn hand toen we op het Centraal Station afscheid namen. Ik pakte per ongeluk zijn hand vast en kneep erin, waardoor hij begon te glimlachen. Hij lachte naar me terwijl ik op de roltrap naar beneden stond om de trein naar Nykøbing te nemen. Sindsdien ben ik niet meer naar leesgroepbijeenkomsten gegaan. Misschien waren er ook niet meer geweest.

Ik liet de schoolklas voor mij uitstappen, er hing een geur van kauwgum om hen heen. Ik trok de schouderband van mijn tas over mijn hoofd en liep allereerst naar Rådhuspladsen, naar de Privatbank op de hoek en haalde vierhonderd kroon. Daarna liep ik terug en nam lijn 12 naar de KUA, waar ik een kop koffie dronk helemaal achter in de kantine. Ik at ook een stuk kwarktaart, daarna ging ik naar de bibliotheek en liep tussen de boekenkasten door, ik pakte een boekje over kommagebruik en ging ermee aan een tafel zitten. Ik keek naar de achterflap. Ik keek in het register. Ik keek naar mijn handen. Ik probeerde moed te verzamelen. Ik las. Ik las niet.

Na een uur nam ik de bus terug naar het centrum en liep de Scala in. Ik kocht een sjaal, sloeg die om mijn nek en propte hem goed in de halsopening van mijn regenjas. Ik zag mezelf in drie verschillende uitvoeringen in een paskamer, de ene wat onbeholpener dan de andere. Ik stapte de paskamer uit, liep de trap af en de straat uit naar het Centraal Station, en stapte om even over twee in de eerstvolgende trein. Een goed uur later was ik thuis. De zon hing laag boven de supermarkt, ik plukte twee appels en zette de picknickmand ergens in de schuur neer.

Aan het eind van de middag kwam mijn vader langs om me op te halen. We zouden thuis gebakken haring eten, het was een afspraak die al een tijd stond. Mijn moeder had gesmoorde aardappelen gemaakt, ze had een nieuwe, lichtoranje lippenstift gekocht. Ze legde haar hand op mijn onderarm toen ik een haring pakte. Ze waren het weekeinde weg geweest. Naar Jan en Bitte in Møns Klint nummer twee, zoals mijn vader het noemde. Mijn vader had Jan meegeholpen een geul te graven. Ze hadden gefonduud, dat was geen succes geweest, al die olie. Hij vroeg hoe het ging met de studie, en ik zei dat het prima ging. Hij dacht dat fonduen wel wat voor mij zou zijn geweest. Mijn moeder vroeg naar het huis, of het allemaal in orde was gekomen en of er iets was wat ik wilde lenen.

Ze brachten me om acht uur naar huis, met z'n tweeën. Ik stond erop net voorbij de kerk te worden afgezet, omdat ik wat beweging wilde hebben. 's Nachts lag ik weer naar de donkere achtertuin te staren, ik vond dat alles kraakte en piepte, deuren, vloeren, kozijnen en gebinten.

16

Dorte was zo trots op het feestlied in *Het eendje* dat ze een stapeltje exemplaren vroeg om op de toonbank te leggen. We zaten met een kop koffie in de keuken achter de winkel, haar sigaret lag te smeulen in de asbak, ze had helemaal geen tijd om hem op te roken. Ze lachte en hoestte, hield het tijdschrift voor zich, neuriede de melodie en las de tekst steeds opnieuw.

'Wat is het toch prachtig. Het was ook veel te goed om niet te worden gepubliceerd,' zei ze.

'Ik vind het wel een beetje gek.'

'Ja, een beetje gek is het wel. Maar ook heel mooi.'

'Denk aan je sigaret.'

'O ja. Aah, bedoel ik.'

Ze zoog en trok aan de sigaret, drukte hem daarna met een korte, efficiënte beweging uit. Ze ging staan en tilde het deksel van een grote pan op, een zurige geur van appels steeg omhoog.

'Wil je wat appelmoes?' vroeg ze.

'Nee, dank je.'

'Ik vind dat je wat begint te verschrompelen. Krijgen jullie op de boerderij niet te eten?'

'Jawel hoor.'

'Is hij lief voor je?'

'Heel lief.'

'Draagt hij je op handen en voeten?'

'De meeste tijd wel.'

'En je verdient ook wat geld?'

'Ja.'

'Goed zo,' zei ze en ze liep de winkel in en keerde terug met een briefje van vijfhonderd kroon, dat ze in elkaar frommelde en aan mij gaf. Ze zei: 'Hier, voor een nieuwe permanent.'

'Haha. Maar dat hoef je niet te doen hoor.'

'Dat moet ik wel, en dat wil ik.'

Niet lang daarna belandde ik in een periode waarin ik flink wat geld verdiende als liedschrijver. Ik schreef feestliederen, in eerste instantie voor leraren in Ringsted en omgeving, later verspreidde het gerucht zich zelfs tot in Osted, één feest kon vier nieuwe liederen opleveren. Ik kreeg honderdvijftig kroon per stuk, en ik kon er makkelijk twee in een week schrijven, ook al stelde ik bepaalde eisen aan mezelf. Uit principe wilde ik geen enkele regel uit een eerder lied kopiëren, ik wilde het liefst niet rijmen op werkwoorden. Ik verafschuwde een actieve tegenwoordige tijd. Ik lag op het waterbed te schrijven, Ruth had me een rijmwoordenboek cadeau gedaan waar ik veel aan had. Voor ik ze opstuurde zong ik Per de liederen voor, een paar keer speelde hij er gitaar bij. Hij gooide de spullen uit onze hangmat en ging erin liggen met zijn gitaar. Als hij zijn hand bewoog werden alle lange spieren in zijn arm zichtbaar, haar kwam onder zijn oksel uit. Ik begroef mijn neus in dat haar, waarop hij me vastklemde.

'Nou heb ik je, schoonheid.'

'Gnn.'

'Kom hier.'

Hij trok me naar zich toe, de gitaar viel met een zachte pling op de stapel vieze kleren. We kregen bijna geen lucht in de hangmat. We lagen naar buiten te kijken, iedere dag was de zonsondergang nieuw, en op dat moment zagen we over de velden een grote, roze streep van zuid naar noord. We bewogen, de hangmat begon heftig te zwaaien, zijn mond zat bijna helemaal in mijn oor.

'Wat moeten we doen?' fluisterde hij. 'Ik weet niet wat we moeten doen.'

'Bedoel je nu?'

'Ja, ook nu. En in het algemeen.'

'We wachten gewoon een poosje, dan komen we er vanzelf achter,' fluisterde ik terug, het was niet iets waar ik verder veel over nadacht, ik ontweek het gewoon. Ik dacht aan mijn feestliederen en aan hoe ik me nuttig kon maken in huis, eten koken en afwassen, de bank stofzuigen – hoewel niemand het ooit zou zien – een glazen tafel poetsen. Ik dacht aan de kievit, die op dit moment buiten met korte bewegingen over het braakliggende land scheerde, kievit-kievit, met zijn zaagvormige vleugels en zijn kuif. Hij was dit jaar heel vroeg gekomen, dat deed hij ieder jaar, je had nog amper gemerkt dat de winter voorbij was of de kievit was alweer terug.

17

Op twaalf maart, vlak na de middag, lagen we op het waterbed zonder eruit te kunnen komen. De zon scheen, er
klonk lawaai op het erf. Hans-Jakob had een oude klepbank cadeau gekregen, hij was bezig die te repareren. Hij
schuurde hem met een elektrische schuurmachine, hij
was al een poosje aan de gang. We waren naakt onder het
dekbed. We lagen te kijken naar de schuine wand, er zaten
afdrukken van een voet of een hand boven mijn hoofd.
Toen klonk er een harde lach, de schuurmachine stopte,
we hoorden hem met iemand praten. Per kwam half omhoog van het bed, leunde voorover naar het raam en zei:
'Het is mijn neef. Dan is hij weer thuis.'

'Die in de Verenigde Staten was?'

'Ja. Hij staat daar bij mijn vader.'

'Dan moeten we maar eens opstaan.'

'Dat maakt niet uit, dat kan hem niets schelen. Lars!'

Per deed het haakje van het raam, de mussen op de
deklijst vlogen op toen het raam werd geopend, en zijn
neef riep zo hard terug van beneden dat het tussen de
muren galmde: 'Hoi!'

'Wanneer ben je teruggekomen?'

'Gisteren, de ouwelui hebben me opgehaald.'

'Uit Cleveland?'

'Haha.'

'Kom je boven? Nu?' vroeg Per en hij sloot het raam,

greep zijn onderbroek van de grond en trok die al hinke-
lend aan, zijn neef was al te horen op de trap.

'En wat moet ik nou?' zei ik terwijl ik het dekbed tot
over mijn borst omhoogtrok. Toen stond hij in de kamer,
ze gaven elkaar een hand en omhelsden elkaar, zijn neef
had halflang haar en blauwe ogen. Hij droeg een wind-
jack, er hing een koele, frisse lucht om hem heen die helemaal naar mij toe zweefde.

'Godsamme, ik ben uit vorm,' zei hij en hij sloeg zich
op zijn buik.

Per lachte en zei: 'Heb je te veel steaks gegeten? Je hebt
lang haar gekregen.'

'Dat zijn er dan twee,' zei de neef en hij wendde zich
tot mij en zei: 'Ik ben Lars. Dan ben jij Dorte,' zei hij.

'Ja, dat is Dorte,' zei Per.

Lars had een stevige handdruk, hij bewoog zijn hand
een paar keer op en neer, mijn hand volgde, het waterbed
wiegde. Hij liep naar de draaistoel en ging erin zitten, Per
zocht wat kleren in de hangmat.

'Dus hier liggen jullie lekker te niksen,' zei de neef.

'Dat kun je wel zeggen,' antwoordde Per.

'Zijn jullie uit geweest in de stad?'

'Welke stad?' vroeg Per.

'Ik zou misschien naar Pub 22 gaan,' zei ik met een u
als in 'dus'. Ik had er onmiddellijk spijt van maar ging toch
verder, anders zou het nog veel erger zijn. 'Met mijn tante.
Maar toen kon ze niet.'

'Ze heeft een broodjeszaak in Ringsted, ze is nog heel
jong,' zei Per.

'Volgend jaar heeft ze haar twintigjarig jubileum,' zei ik.

'Dat is lang,' zei de neef.

'Ben je op de fiets?' vroeg Per.

'Wat denk jij? Waar is mams?'

'Aan de overkant, denk ik.'

'Zullen we eens kijken of ze een kop koffie voor ons heeft?'

'Dat lijkt me een goed idee,' zei Per. Hij had een broek en een T-shirt aangetrokken, kwam naar me toe en zoende me en zei: 'We gaan naar het woonhuis om koffie te zetten.'

'Ik kom er zo aan,' zei ik.

We zaten allemaal rondom de keukentafel, Ruth zat naast Lars, ze legde voortdurend haar hand op zijn arm of zijn schouder.

'Je ziet vast wel dat dit mijn tweede zoon is,' zei ze tegen mij.

Ik knikte en antwoordde: 'Dat kan je inderdaad wel zien.'

'Wat ga je dan doen nu, tot je studie begint?' vroeg Hans-Jakob.

'Ik ga wat geld verdienen bij het tuincentrum,' zei Lars.

'Heb je nog steeds je kamer in Haslev?'

'Ja, vanaf april. En jullie tweeën?' vroeg hij, terwijl hij van Per naar mij keek en vervolgde: 'Gaan jullie studeren?'

'Op een gegeven moment wel,' zei ik. 'Ik zit eraan te denken om lerares te worden.'

'O ja?' vroeg Per.

'Dat is een uitstekend idee,' zei Hans-Jakob.

'Ik zou er nog maar een keer over nadenken,' zei Ruth en ze lachte terwijl ze Lars op zijn hoofd tikte.

Lars bleef ondertussen naar mij kijken en zei: 'Moet je nou eens zien wat ik allemaal moet verduren.'

Hij deed de lerarenopleiding in Haslev en had biologie en natuurkunde als hoofdvakken. Ik begreep dat het heel goed ging met zijn studie, hij had een paar tienen gehaald. Daar wilde hij het niet over hebben, hij veranderde van onderwerp. Hij vertelde over zijn jongere broer, die in Roskilde in de leer was gegaan als banketbakker. Zijn broer had een taart gemaakt van veertien lagen, en bovenop was die versierd met een helikopter van gestolde suiker. Hij was voor een van de andere broers, de jongste, ze waren in totaal met zijn vijven. Allemaal jongens, Lars was de oudste.

'En de op een na knapste,' zei hij lachend, zijn blauwe ogen schitterden.

'O, wie is dan de knapste?' vroeg Ruth.

'Dat is Leon natuurlijk, Ruth,' antwoordde Lars, die haar naam op zijn Engels uitsprak.

Per lachte en zei: 'Ja, Leon heeft altijd meisjes achter zich aan.'

'O, is dat zo?' zei Hans-Jakob en hij draaide een theelepel in de lucht terwijl hij scheefjes glimlachte.

Ruth gaf hem over de tafel heen een tik. 'Ja, net als jij vroeger,' zei ze en ze schudde haar hoofd, haar haar bungelde aan beide kanten van de middenscheiding, het was dik en glanzend, ze dronk iedere dag een glas karnemelk en beweerde dat het daarvan kwam.

Nu schudde Lars ook zijn hoofd, terwijl hij lachte en zei: 'Nee, Leon is absoluut niet gemaakt om alleen te zijn.'

'Dat zegt Dorte ook altijd,' zei ik, en toen keek Lars me aan en kneep zijn ogen wat samen.

Per schoot me te hulp en zei: 'Dat is zij met die broodjeszaak. Haar tante.'

'Over zichzelf dus,' zei ik en ik voelde dat ik begon te blozen, Lars stak zijn hand uit naar een koekje op de grote schaal.

'Wat een boel Dortes,' zei hij.

'Wil je er niet een beetje boter op?' vroeg Ruth. 'Dat is goed voor je hersenschors.'

'Een dikke laag,' zei Hans-Jakob.

Hij vertrok weer na de koffie, we stonden allemaal op het erf en zwaaiden hem uit toen hij op zijn racefiets met het ossenkopstuur stapte en wegreed, hij zoefde de inrit uit. Op de hoofdweg draaide hij zich om en zwaaide nog een keer, Per stak beide armen omhoog.

'Kom gauw weer eens langs,' riep hij zo hard dat zijn stem oversloeg. Hij trok me tegen zich aan. Ruth en Hans-Jakob liepen al terug naar het huis, de klepbank stond in twee delen op het erf, daar zou hij nog een paar maanden staan. Ik verborg mijn gezicht in de halsopening van zijn sweater, die een klein beetje gebruikt rook, het was een oude van de stapel kleren. Ik voelde dat hij slikte, pezen en kraakbeen bewogen op en neer. Zo stonden we een poosje, en toen liepen we terug naar de stal.

18

Ik werd naar Dorte vernoemd omdat ze zelf geen kinderen kon krijgen. Die diagnose had ze al op twintigjarige leeftijd te horen gekregen, toen ze getrouwd was. Misschien was dat ook de reden dat ze gingen scheiden, in ieder geval kreeg haar ex-man vrij snel vier kinderen met een naaister uit Tornemark. Ze kochten een vrijstaand huis, dat later op een stuk vervuilde grond bleek te liggen. Dat kwam hun duur te staan, ze konden er nooit meer wegkomen. Dortes stem klonk hol als ze erover praatte, het deed haar toch pijn. Ze hadden geen geld om te roken of te reizen en brachten iedere zomer op campingstoelen op hun terras door. Haar ex-man had bovendien rugletsel opgelopen, hij was achterover van de carport gevallen. Hij liep nu tegen de vijftig en had geen ander uitzicht dan dat op de slager in Tornemark, zoals Dorte het zei. Ze wilde het niet over die diagnose hebben. Vooral omdat het zo afschuwelijk was geweest, de dag waarop ze het te horen kreeg. Ze was voor het onderzoek het hele stuk naar Køge gefietst. De arts had tussen haar benen gekeken en zijn hoofd geschud.

'Dat is een gesloten boek,' had hij gezegd.

Ze had niet begrepen wat hij bedoelde. Ze had na afloop lange tijd in de wachtkamer gestaan met haar jas in de hand, het was een lichtblauw pilotenjack. Toen liep ze naar de secretaresse en vroeg het haar, en de secretaresse haalde de arts erbij. Hij zat midden in zijn volgende onderzoek, hij was in de deuropening gaan staan met zijn voorhoofdslamp op en zijn handen in zijn zij.

'Ik zei dat u geen moeder wordt,' had hij luid en duidelijk gezegd.

Dorte had hem aangekeken en zelfs geglimlacht, en ze had er ook nog uitgeflapt: 'Dank u wel.'

Dat was nog bijna het ergste. En toen ze buitenkwam had iemand haar fiets gestolen, dus moest ze de negentien kilometer van Køge naar Borup lopen. Het was een mooie avond in augustus. Jonge mensen reden op tandems in de avondschemering en lagen twee aan twee in de korenvelden naar vallende sterren te kijken. Het was de eerste keer in haar leven dat ze niet meer wilde leven. Toen ze thuiskwam was haar pilotenjack helemaal doorzichtig geworden van de tranen. Ze lag drie dagen in bed, mijn vader en moeder kwamen langs met witte koolsoep voor haar en haar man. Ze was klein en bleek, ze omhelsde mijn moeder als een kind, ze verstopte zich in haar spencer. Maar op de vierde dag stond ze op, dronk een groot glas cognac en liep naar de krantenkiosk om een vrouwentijdschrift te kopen, ze maakte ezelsoren op alle pagina's waarop mooie kleren stonden. Kort daarna scheidde ze, verhuisde naar Roskilde en ging in de leer, en later ging ze naar Jersie en zelfs naar Kopenhagen, daarna werkte ze drie maanden bij een slager in Østerbro en kocht ze de zaak in Ringsted. Die was haar vaste oriëntatiepunt, terwijl ze gewoon bleef verhuizen. De keren dat ik bij haar woonde, hing ze voor de grap naast haar naambordje op de deur een stukje papier, zodat er DORTE HAN-

SEN X 2 stond. Een keer belde de postbode aan om te vragen hoe hij dat moest opvatten.

'Dat moet je precies zo opvatten als het er staat,' zei ze.

19

Om in slaap te vallen stelde ik me twee bewakers voor op de stoep van mijn bungalow. Het moesten er twee zijn, zodat ze elkaar in geval van nood te hulp konden schieten. Af en toe stond de een bij het tuinhekje, dat wisselde een beetje. Een paar weken lang had ik liggen draaien en woelen in mijn bed. Als het me lukte om te slapen, had ik nachtmerries over moorden en zinkende veerboten. Papijs, ongeloofwaardigheid. Ik werd zwetend wakker in mijn pyjama, ik klungelde onder de dekens met de knoopjes en moest uiteindelijk rechtop in bed gaan zitten om hem uit te krijgen. Ik deed het licht aan en vond een slaapshirt in de kast. Ik liep naar de keuken, dronk een groot glas water en ging in de leunstoel in de kamer zitten. Ik dacht erover om een dier aan te schaffen, of in ieder geval een paar gordijnen. Maar 's ochtends, als het licht werd en alles ontwaakte en begon te bewegen, leek het toch niet zo belangrijk. Ik zat daar en wist dat ik de volgende dag ook geen gordijnstof zou kopen. Ik had wel iets gezien wat geschikt zou zijn, op de vierde verdieping van Daells Varehus. Het was ongebleekte lakenstof. De verkoopster kwam naar me toe en vroeg of ik hulp nodig had. Ze kwam me bekend voor, het was een jong meisje met bijzonder brede neusvleugels. Ze legde een paar rollen gestreepte stof opzij zodat ik de lakenstof beter kon bekijken.

Ze glimlachte naar me en vroeg: 'Heb jij niet op het Næstved Gymnasium gezeten?'

'Ja.'

'Ik ook. Maar jij kunt je mij vast niet herinneren. Ik zat een jaar onder jou.'

'Jawel, ik dacht al dat ik je kende.'

'Ik heb sindsdien een nieuw kapsel,' zei ze en ze schudde met haar hoofd, een haar bleef in haar mondhoek vastzitten, ze blies hem weg.

'Pff. Ben je ook hiernaartoe verhuisd?'

'Neuh. Ik woon in Glumsø.'

'O, oké. Ben je gewoon een dagje uit?'

'Zo kan je het wel zeggen, ja.'

'Ja, ik studeer psychologie zoals je merkt,' zei ze en ze lachte, en toen lachte ik ook, ik pakte de rol stof beet en voelde eraan, hoewel ik wist dat ik niets zou kopen.

'Is het voor gordijnen?' vroeg ze.

'Ja, dat was het idee. Maar ik denk dat ik nog maar even wacht.'

'Je kunt beter een paar jaloezieën kopen, dat is veel handiger.'

'Misschien wel,' zei ik en ik knikte, ik stak mijn handen in mijn zakken en ze legde de bovenste rollen stof weer op hun plek.

'Nou, een fijne dag nog in Kopenhagen,' zei ze.

Ik zwaaide naar haar vanaf de trap, ik ging naar de cafetaria op de bovenste verdieping en haalde een kop koffie en een stukje chocoladeslagroomtaart, het was bijna twaalf uur en het was een soort lunch. Ik had een ontzettende behoefte aan zoetigheid gekregen, het had iets met mijn vermoeidheid te maken. Ik at te veel roggebrood met poedersuiker bij gebrek aan iets anders, ook 's nachts, dat was niet goed voor me, ik voelde de energie net zo snel uit me wegstromen als ze binnenkwam.

Ik zat in de leunstoel met mijn benen opgetrokken onder mijn slaapshirt. Nu zweette ik niet meer. Ik besloot de volgende dag thuis te blijven en wat orde op zaken te stellen. Een omelet bakken voor het ontbijt en een paar sinaasappelen persen. Een plan maken voor de invulling van mijn dagen. Stofzuigen en naar de bibliotheek gaan om boeken te zoeken over hulp bij zelfhulp. Er moest informatie te vinden zijn over slaapproblemen. Ik had het gevoel dat ik ook in andere opzichten best wat hulp kon gebruiken, maar ik wist niet in welke. Als ik mijn handen voor mijn oren hield, ruiste het als op een enorm zandstrand. Daar was niets ziekelijks aan. Maar ik had een wee gevoel onder mijn borstbeen dat aanvoelde als heimwee. Misschien was het gewoon maagzuur.

20

Neef Lars kwam een paar keer per week langs, als hij in het tuincentrum had gewerkt. Hij droeg een groene anorak en een legerbroek, zijn 'plantenkleding' zoals hij het noemde. Zijn werk bestond uit verplanten en verpotten, uitdunnen van kasplanten en klanten bedienen. Dat laatste was het leukst, daarbij ging de tijd het snelst. Maar het had ook wel iets om in de buitenlucht te zijn, met je rug naar de weilanden en een stekje tussen je vingers en er nog geld voor krijgen ook.

We zaten op de trap van het stalhuis met een biertje in de hand, Per had een sigaret opgestoken, dat deed hij niet zo vaak meer. Lars hoestte en wuifde de rook weg, hij legde aan het eind van die beweging kort zijn hand op mijn arm. Ik droeg een gebreide trui die ik van Ruth had gekregen. Ze had hem jaren geleden voor zichzelf gemaakt, nu zat hij te strak om haar achterste. Hij was blauw met wit en had een IJslands patroon. Ik voelde me er lekker in. Lars stond op en ging met zijn flesje bier in de hand voor ons staan.

'Zullen we een potje vuistballen?' vroeg hij.

'Kun je dat nog volhouden?' vroeg Per.

'Anders moet je me maar het veld uit dragen,' antwoordde Lars en hij lachte en stak zijn hand uit naar Per. Die gooide zijn sigaret op de grond en trapte 'm uit met zijn gympen, daarna pakte hij Lars' hand en werd hij omhooggetrokken. Het flesje bier op de trap begon te wankelen, ik hield het tegen.

Het spel moest plaatsvinden tegen de achtermuur van wat we de schuur noemden. Ik liep ook mee, naar de ligstoel die samen met de andere tuinmeubelen achterin stond. De stoel zat onder het stro, ik borstelde hem af en ging zitten. Toen begon de kleine, harde bal heen en weer te schieten tussen de muur, de vloer en hun blote handen. Ze mepten hem weg met hun vlakke hand, ze renden en sprongen. Ik voelde me een beetje misplaatst op die ligstoel, ik lag met een arm half over mijn voorhoofd om een eventuele misser af te weren. Ze kregen het al snel warm en begonnen te zweten. Tijdens een korte pauze trokken ze hun jassen uit en gooiden die aan mijn voeteneinde, Per boog voorover en gaf me snel een kus, hij smaakte naar sigaret.

Ik begon het koud te krijgen. Toen ze de wedstrijd hadden hervat en een poosje hadden gespeeld, stond ik op en liep het erf over. Mijn rubberlaarzen waren bijna versleten, ik kon de keien eronder duidelijk voelen. Het gazon voor het huis was sponzig en zat vol mos. Iemand had een tennissok opgehangen in de buxus, ik liep erheen en pakte hem eruit. Ik zag Hans-Jakob binnen op de bank, hij lag de krant te lezen, hij was vandaag vroeg thuisgekomen. Hij zag me en glimlachte. Ik liep verder, naar de achtertuin en door het kreupelhout. Een fazant begon te krijsen en vloog op bij de perceelgrens, hij kwam met veel moeite over een kale vlierboom heen. Ik maakte een wandelingetje over de kluiterige akker. Toen ik terugkwam in de tuin stond Lars in het kreupelhout met zijn anorak over de arm en glimlachte naar me.

'Heb je een wandeling gemaakt?' vroeg hij.

'Ja, ik had het een beetje koud. Nu ben ik weer warm geworden.'

'Dus nu ben je begonnen je kleren uit te trekken?' vroeg hij en hij knikte naar de tennissok, ik tilde de hand met de sok omhoog, we keken er allebei naar.

'O ja,' zei ik en toen lachten we beiden.

'Die trui staat je goed,' zei hij, 'heeft Ruth die gemaakt?'

'Ja, die is van haar geweest.'

'Het zijn geweldige mensen.'

'Ik ben ook heel blij dat ik hier ben.'

'Dat begrijp ik best.'

Hij stak heel verrassend zijn arm onder de mijne, we liepen door de achtertuin en kwamen op het erf. Per kwam ons in een T-shirt tegemoet.

'Kijk, ik heb een sok gevonden,' zei ik en tilde die iets te vrolijk omhoog.

'Hier heb je je schat,' zei Lars tegen Per en hij liet mijn arm los en duwde me zachtjes naar hem toe.

'Ja, dat is ze zeker,' zei Per.

21

Op een dag reed ik een stukje op de fiets terwijl Per een dutje deed. Ik fietste zonder doel in de richting van het tuincentrum, het was in de namiddag. In een paar voortuintjes bloeiden de forsythia's. Ik begon al snel te zweten onder mijn trui, ik stopte, trok hem over mijn hoofd en fietste verder in mijn T-shirt. Er hing een zeelucht en een geur van zeewier over de velden, ze waren vast onlangs bemest. Ik fietste met een feestlied voor een belijdenis in mijn hoofd, ik probeerde verschillende rijmen op het woord paardenmeisje, aardig meisje, vaardig meisje. De weg deelde een klein bos middendoor, het werd fris aan mijn armen tijdens die paar minuten in de schaduw, maar toen ik er aan de andere kant uit reed, kwam een zwoele lucht me tegemoet. Ik stopte bij een eenzame boom langs de weg en vouwde mijn trui een extra keer op de bagagedrager. De zon was heel fel. Ik deed mijn ogen dicht, draaide mijn gezicht omhoog en bleef zo staan. Ik hoorde mijn eigen ademhaling, achter mijn oogleden werd alles rood door de zon. De vogel die wij 'fietspomp' noemden, zat ergens in de buurt te pompen. Een tractor maakte in de verte lawaai. Ik dacht: hier sta ik met mijn ik. Samen met de zon, de tractor en de fietspomp. De lucht voelde warm op mijn armen, mijn gymschoenen pasten perfect om mijn voeten. Dat was me nog niet eerder opgevallen. Een auto kwam dichterbij, ik liet hem voorbijgaan, nog steeds met gesloten ogen. Ik bewoog mijn tenen. Ik tilde mijn vingers op van het stuur. Toen ik eindelijk mijn ogen opendeed, hadden al mijn gedachten me verlaten. Ik stapte weer op de fiets en reed langzaam verder, leeg en tevreden. Bij het tuincentrum reed ik het smalle grindpad op, het laatste stuk liep ik en ik zette mijn fiets tegen een stapel zakken met sfagnum aan. Lars liep tussen de groenblijvende planten achter de geiten, ik zag zijn anorak. Ik keek naar de overblijvende planten, grassen en huislook, ik las alle namen. Daarna liep ik naar hem toe, hij draaide zich om en glimlachte, hij trok zijn tuinhandschoenen uit en gaf me zijn warme, droge hand. Hij liet me een mahoniestruik zien, die had niets te maken met de houtsoort. Hij bloeide geel, de bloemen roken heerlijk. We stonden een poosje te praten. Hij liep met me mee naar mijn fiets en het hele grindpad af, en daar stonden we nog een poosje te praten.

22

In de bibliotheek waren geen boeken over slaapproblemen, en ik voelde er niets voor om ze aan te vragen. Ik liep tussen de kasten door. De bibliothecaresse zat achter haar bureau aan de telefoon, het was een lang en ingewikkeld gesprek over magazijnopslag. Ze zat ondertussen met een balpen op een stukje papier voor zich te krassen, af en toe tilde ze de balpen op tot ooghoogte en draaide hem rond. Haar benen staken onder het bureau uit, ik herkende de sokken, het waren dezelfde als die in de etalage van de boekhandel. Ik vond een literatuurhandboek, maar dat bleek niet uitgeleend te worden. In plaats daarvan leende ik een stapel vrouwentijdschriften en een dichtbundel van een meisje uit Reersø. Daarna ging ik weer naar buiten.

Het lawaai op straat was overweldigend. Een auto van de gemeente stond midden op de rijbaan en spuugde rook uit, de chauffeur was blijkbaar de apotheek binnengegaan. Een vuilniswagen had tevergeefs geprobeerd erlangs te komen, nu stonden er twee geïrriteerde vuilnismannen in overals die het met een voetganger eens waren over het vervelende van de situatie. De hond van de voetganger had iets in de gaten gekregen, hij blafte fel en trok aan de lijn. Een automobilist toeterde ritmisch. Het meisje van de bakker bekeek het tafereel vanaf de stoep voor de winkel, ik bleef bij de etalage staan en keek naar de Franse wafels en de taarten.

'Ik kom eraan hoor,' zei het meisje en ze deed de deur voor me open, eigenlijk had ik vandaag niets nodig.

'Wat een drukte,' zei ze.

Ze leek van mijn leeftijd. Misschien was ze al jaren bakkersmeisje, met vaardige hand schikte ze de bolletjes en veegde de kruimels weg. Ik koos een kaneelbroodje. Toen ik het wisselgeld in mijn portemonnee had gedaan, ging de winkeldeur open en stapte een stevige vrouw met enige moeite naar binnen.

Ze leunde over de toonbank en vroeg: 'Wat kosten de zandgebakjes?'

'Vijfeneenhalf.'

Wat kosten de frambozengebakjes?'

'Ook vijfeneenhalf.'

'Dan denk ik dat een frambozengebakje neem.'

Het bakkersmeisje pakte het voorste frambozengebakje met een tang en deed het in een zak, ze liet de zak openstaan, de vrouw stond nog steeds te kijken.

'Wat kosten de moorkoppen?'

'Zes kroon.'

'Zes kroon precies?'

'Ja.'

'Dan denk ik dat ik ook maar een moorkop neem.'

'Mag die bij het gebakje?'

'Welk gebakje?'

'Die in de papieren zak. Mag deze erbij in de zak?'

'Ja, dat kan geen kwaad volgens mij,' zei de vrouw en ze begon naar muntgeld te zoeken. Ik liep de winkel uit met mijn bibliotheektas en mijn kaneelbroodje. De man van de gemeente stapte nu in de auto die bij de apotheek stond, toeterde en reed weg, met de vuilniswagen en de rest van het verkeer – een bestelauto met laadbak en een oude man op een brommer – achter zich aan. De stoet reed de Østergade door. Ik liep naar huis, dacht aan het leven van het bakkersmeisje, het woord 'drukte'. Toen ik de hoek omsloeg in de richting van het station zag ik mijn moeder voor mijn huis uit de auto stappen. Ik draaide me snel om en liep naar het hotel-restaurant. Ik ging achter de heg bij de achteringang staan, ik hoorde in de keuken mensen praten over aardappelsalade, het raam stond wagenwijd open. Een man kwam met een overvolle vuilniszak naar buiten, hij begroette me vriendelijk. Ik liep bij het hotel-restaurant vandaan naar de parkeerplaats bij de supermarkt en nam daarna de kortere weg naast het station. De auto stond nog steeds voor mijn huis, maar ik zag mijn moeder nergens. Ik stond even bij een boom, daarna schoot ik snel achter het stationsgebouw, naar het einde van het perron. Ik stapte de bosjes in. Het was half twee. De bladeren aan de andere kant waren geel en rood, elk zuchtje wind liet ze op de rails vallen. Ik wachtte een kwartier voor ik terugliep, nu was de auto verdwenen. Mijn moeder had een briefje met een groet door de brievenbus gegooid en een pond koffie in de schuur gelegd.

Ik genoot niet echt van dat kaneelbroodje. Ik at hem zittend op mijn bed op terwijl ik in de tijdschriften uit de bibliotheek bladerde. In een ervan stond een artikel over alledaagse valkuilen, met de kop *De wereld als een pijp kaneel*. Er klopte iets niet aan die zin, maar het was zo'n merkwaardig toeval dat ik me niet kon concentreren op wat fout was. Ik zette koffie met de koffie die ik van mijn moeder had gekregen. Ik had geen melk meer, dus ik moest er veel suiker in doen. 's Avonds hing ik een grote badhanddoek en een laken voor de ramen in de woonkamer en probeerde ik al mijn kleren, ik haalde de spiegel uit het halletje naar de woonkamer. Ik lakte mijn nagels en besloot een nieuwe stijl en een andere manier van denken en lopen te kiezen, ik kreeg bovendien zin om een artikel te schrijven voor een krant. Ik wist niet waarover. Ik had geen specialiteiten. Hooguit feestliederen, maar dat was verleden tijd. In plaats van een artikel maakte ik een lijstje met dingen die ik in Kopenhagen moest doen en moest zien. Ik zat vol goede ideeën. Voor een keer viel ik zonder problemen in slaap, maar ik werd veel en veel te vroeg wakker. De woonkamer leek wel een slagveld van kleren en schoenen, en er was nagellak op de voet van mijn bureaulamp gekomen. Ik ruimde op en kleedde me aan. Toen was het bijna zes uur. Om vijf over negen nam ik de trein.

23

In plaats van naar Kopenhagen te reizen, stapte ik uit in Ringsted en liep naar de broodjeszaak. Dorte stond op de stoep naar de binnenplaats in de geur van vis en gebraden vlees een sigaret te roken, ze spreidde haar armen uit toen ze me zag.

'Nee zeg, hallo liefje, ben jij het? Hoe kan dat nou?'

Ze omhelsde me met de sigaret in haar gestrekte arm en zoende me op de wang.

'We hebben vandaag geen college,' zei ik.

'Waarom niet?'

'Dat heb je niet elke dag.'

'Ik snap het, kom dan maar gauw mee naar binnen. Wat fijn om je te zien. Ben je verdrietig?'

'Nee hoor.'

'Jawel, je bent verdrietig.'

'Nee, ik ben gewoon moe, dat is het waarschijnlijk.'

'Ja, want ik zie dat je ogen helemaal verkeerd staan.'

'Ik slaap 's nachts niet zo goed.'

'Zijn het de treinen?'

'Nee nee, dat vind ik alleen maar gezellig.'

'Je bent toch blij met het huis, of niet?'

'Jazeker.'

'Wat ben je toch een knap en leuk meisje, jij, zelfs als je doodmoe bent,' zei ze en ze zoende me nog een keer. Daarna liepen we naar de keuken, ze pakte een beker voor me en schonk er koffie in uit de thermoskan op tafel.

'Wil je een boterham met kaas?' vroeg ze.

'Nee, dank je.'

'Ben je aan de lijn?'

'Een beetje.'

'Zeg, wat vind je van deze?' zei ze en ze strekte al haar vingers voor me uit, haar nagels waren koraalkleurig, de kleur stond goed bij haar hand.

'Die kleur staat goed bij je hand,' zei ik.

'Ja, dat vind ik namelijk ook, maar die daar is ook mooi,' zei ze en ze wees naar mijn vingers met de veel te korte, pruimkleurige nagels.

'Worstenvingers,' zei ik en ik zwaaide ermee.

'Nee-hee.'

'Jaa-haa.'

'Maar het staat in ieder geval heel mooi als je je haar zo opsteekt,' zei ze.

'Hier bij mijn oren?'

'Ja, en zo'n beetje bovenop, en als er dan een kleine pluk zo naar beneden valt, dat vind ik heel mooi. Waarom kun je niet slapen?'

Ik haalde mijn schouders op en zei: 'Ik weet het niet.'

'Kun je je studie een beetje volgen?'

'Mm.'

'Vind je het leuk? Hoe gaat het daar?'

'Best goed.'

'Best goed, dat is half beroerd.'

'Nee, dat is het niet. Wel goed is wel goed,' zei ik en ik nam een slok koffie.

Dat deed zij ook. Daarna veegde ze de rand van haar

lippenstift af met haar vinger en zei: 'Nou, dat vind ik heel mooi om te horen.'

'Mm.'

'Kun je je nog die keer herinneren dat ik in Lübeck wakker lag?' vroeg ze en ik knikte, dat kon ik me nog goed herinneren. Ze had een busreis gemaakt met haar nieuwe vriend, hij was lang en had rode wangen. Als ze op straat liepen, paste zij onder zijn arm. Ze had niet eerder zo'n lange vriend gehad, maar hij had gelukkig ook een buikje, ik kan geen man zonder buikje hebben, zei ze altijd. De bus vertrok van het plein voor het station van Næstved, een aantal mensen van het reisgezelschap kende ze, zo bleek. Ze stonden allemaal met hun tassen te wachten en begroetten elkaar over en weer in het ochtendlicht, ze droeg haar kobaltblauwe mantelpakje en een sjaal die aangenaam om haar hals wapperde telkens wanneer er een zuchtje wind was. Iedereen leek opgewekt en vol verwachting. Als ze een nieuw iemand begroette, werd haar lach luider. Ze gebaarde met haar hand in de lucht en bleef lachen om haar eigen enthousiasme. Ze hadden een kamer met balkon gereserveerd, misschien zou je daar met een fles sekt en wat zoute stengels kunnen zitten. Zij kreeg in de bus de plaats bij het raam, er zat een pakje vruchtensap in de houder aan elke stoel, ze kon bijna niet stilzitten.

'Hé, kijk eens! Er is vruchtensap,' zei ze en niet veel later: 'Moet je die rotonde zien! Kijk dat meisje eens!'

En vlak nadat ze het bord EINDE BEBOUWDE KOM achter zich hadden gelaten zei ze: 'Kijk al die vogels daar eens, wat is dat prachtig!'

'Ja, dat is de vogel die ze meeuw noemen,' zei de vrouw op de stoel achter haar, een paar mensen lachten en toen lachte Dorte nog harder, ging half rechtop staan en draaide zich om.

Ze legde haar hand op de hand van de vrouw, die op de rugleuning van de stoel lag.

Ze vroeg: 'Zijn dat meeuwen? Nou ja, ik ben waarschijnlijk vogelblind.'

Toen ze weer op haar plek was gaan zitten en een ogenblikje stil had gezeten, nog steeds glimlachend, boog haar vriend zich naar haar toe en zei: 'Ik vind dat je nu even moet dimmen, oké?'

Op dat moment voelde het of het leven uit haar wegstroomde. Ze kon niet zeggen hoe het gebeurde. Haar mondhoeken gingen hangen, haar armen werden slap. Ze draaide haar hoofd om en keek naar de lichtgroene weilanden en bomen en naar kleine, springende reeën. Ze had nog nooit zoiets ongelukkigs gezien, en ze waren nog niet eens in Mogenstrup. Haar handen lagen dood op de schoot van het kobaltblauwe mantelpakje, en ze dacht: ik ben niets anders dan een omhulsel. Na Bårse draaide haar vriend zich naar haar toe en vroeg: 'Wil jij je vruchtensap niet, Dorte?'

Ze kon geen antwoord geven. Ze schudde heel stilletjes met haar hoofd.

'Wat zeg je?' vroeg hij.

'Nee,' fluisterde ze en ze draaide haar hoofd heel langzaam om, keek naar de blauwe lucht met de vliegtuigstrepen, naar al dat leven dat toch niet het hare zou worden, al die nutteloze bossen. Op de veerboot tussen Rødby en

Puttgarden ging het eventjes een stukje beter toen ze een lippenstift kocht en de verkoopster haar keuze prees.

'Dat is zo'n prachtige kleur.'

'Ja, die is schattig,' wist ze met een glimlachje uit te brengen.

Maar tijdens de drie dagen in Lübeck zei ze bijna niets. Ze zat met lange tanden haar schnitzels te eten, ze hief haar glas als iemand proostte zonder er iets uit te drinken. Beide nachten lag ze met haar ogen wagenwijd open op haar rug, het was alsof ze ze niet kon sluiten, ze had geen enkele gedachte in haar hoofd. Alleen die leegte. Pas toen ze weer in de bus terug zaten, viel ze voor Oldenburg in slaap, ze sliep maar een kwartier, maar toen ze wakker werd had ze zin in een kop koffie. Een grote kop zwarte koffie. Dat moest haar eigen koffie thuis zijn, en verder een goede film en een voetenbad. Helemaal alleen in haar prachtige woning, en een van de komende dagen zou ze haar meubels verzetten. Toen ze die gedachte kreeg, dat de bank waarschijnlijk beter stond onder het raam, realiseerde ze zich dat ze aan de beterende hand was.

Ik bleef een paar uur in de zaak en hielp met het snijden van gebraden vlees en het arrangeren van sla en sinaasappelen, ze probeerde iets nieuws uit met zogenaamde 'pastramirolls', ik maakte er vijftien. De rest wilde ze gaandeweg de dag doen. Toen ik ervandoor ging, liep ze met me mee naar het binnenplein, we stonden wat te praten terwijl zij een sigaret rookte, daarna omhelsden we elkaar. Ze hoestte boven mijn schouder.

'Wacht,' zei ze. 'Ben je te streng op dieet voor wat braadvlees?'

'Njah,' zei ik, en toen kreeg ik een stuk vlees mee in papier met een plastic zakje eromheen. Plus twee sinaasappels, een brood en driehonderd kroon. Ik gaf haar een zoen op de wang.

'Ik vergeet helemaal te vragen hoe het met Hardy gaat,' zei ik.

'Ach, dat gaat best goed,' zei ze. Dan ging het dus toch niet.

'Dat vind ik heel mooi om te horen,' zei ik.

24

Toen ik op een dag in de Larsbjørnsstræde wandelde, stond een van de verkoopsters van de grote kringloopwinkel buiten op de hoek te huilen. Het was de vrouw met het witte haar en de schoenen. Ze draaide weg toen ik langsliep, maar ik hoorde haar ingehouden huilen. Ik liep naar de overkant van de straat en stapte de speciaalzaak die Janus heette binnen. Op de eerste verdieping had ik een paar Mexicaanse glazen gezien, maar die waren toch niet zo mooi. Ik keek uit het raam, ze stond nog steeds beneden op straat, een van de andere verkoopsters kwam naar buiten en stond even bij haar. Daarna stapten ze samen de winkel weer in. Ik probeerde een wijde trui en kocht die uiteindelijk ook, hij zou prima staan bij mijn leggings. Ik was heel vaak in de kringloopwinkel aan de overkant geweest, de vloer lag er bezaaid met rijglaarzen, kleding hing veel te dicht op elkaar op de rekken, mannenoverhemden, colberts en oude pyjama's. Als je er een kledingstuk tussenuit trok, trok je twee andere mee. Alles rook er zurig en stoffig, ik hield wel van die geur. Ik had er een paar beenwarmers gekocht en gebruikte die 's avonds voor mijn armen als ik het in de woonkamer koud kreeg. Toen ik binnenkwam stonden de twee verkoopsters bij de toonbank in een notitieboek te bladeren. Ik rommelde in een doos met onderjurken terwijl ik wachtte tot ze iets zouden zeggen. Ik vond een lichtblauwe onderjurk met witte boorden.

Eindelijk zei de vrouw die had staan huilen: 'Maar het waren er dus víér.'

'Ja, maar dat zeg ik toch ook,' zei de andere. Ze keken naar mij toen ik de lichtblauwe onderjurk helemaal uit de doos haalde, ik bestudeerde de grootte en het materiaal van de boorden aandachtig en legde hem toen terug.

'Het konden er toch nooit vijf zijn geweest,' zei de vrouw die had staan huilen.

'Nee, dan was je dood geweest,' zei de andere.

Ik bleef tussen de kleren rondstruinen, maar ze zeiden helaas niets meer. Ik merkte dat ze naar me keken. Uiteindelijk koos ik een paar gebreide handschoenen en legde die op de toonbank, de vrouw die had staan huilen tikte het bedrag in.

Toen ik een muntstuk van twintig kroon neerlegde vroeg ze: 'Studeer jij niet Deens?'

'Nee,' antwoordde ik.

'Goh, ik dacht dat ik je op de KUA had gezien.'

'Ja, dat dacht ik ook,' zei de andere, die nu bij een stapel blouses gehurkt zat. 'Ik herkende je namelijk aan je wangen.'

'O, nee hoor,' zei ik terwijl ik de handschoenen in mijn tas stopte, 'dat was ik niet, tot ziens.'

'Ja, tot ziens dan maar,' zeiden ze.

Ik nam de trap naar beneden en liep de straat op in de richting van de winkelpromenade Strøget, ik stapte een kledingwinkel op de hoek binnen en ging via de schoenenafdeling naar de dameskleding boven. Ik nam een willekeurige tweedjas mee naar de paskamer en bestudeerde mijn gezicht van alle kanten in de twee spiegels, glimlachend en niet glimlachend, daarna probeerde ik de jas, die was helemaal zo gek nog niet. Maar toen ik in de trein terug zat besloot ik hem aan Dorte te geven, ik zou hem toch nooit aantrekken. Ik had haar een keer positief over tweed horen praten bij kasteel Gisselfeld, toen we met mijn vader en moeder een van onze sporadische uitjes op zondag maakten en de grote eiken bezichtigden, en na afloop dronken we koffie op een parkeerplaats.

Toen ik uit de trein stapte, zat de jongen van de kaartverkoop buiten op het bankje op het perron. Het loket was gesloten, hij zat naar zijn walkman te luisteren.

'Dus de werkdag is voorbij,' zei ik toen ik langsliep.

Hij was in overhemd, hij trok de ene kant van de koptelefoon van zijn oor, glimlachte naar me en zei: 'Wat zei je?'

'Sorry, ik zei alleen dat je nu dus vrij bent.'

'O dat, ja. Nee, ik heb mezelf buitengesloten, verdorie,' zei hij.

'Echt waar? Maar is het loket nu niet dicht dan?'

'Jawel, jawel. Bij mijn woning.'

Hij knikte met zijn hoofd naar achteren en wees tegelijkertijd naar de eerste verdieping. 'Ik heb zojuist al mijn sleutels boven laten liggen. Maar mijn vriendin is nu net vrij, dus ik wacht gewoon tot zij komt.'

'Met de trein?'

'Ja, ze werkt in Vordingborg.'

'O, dus jullie zijn de mensen die daarboven wonen?'

Hij knikte en zei: 'Ja.'

'Nou begrijp ik het. Dan is het niet ver naar je werk. Heb je het niet koud zo?' vroeg ik.

'Zo erg is het niet.'

'Je mag gerust bij mij wachten, ik woon namelijk daar,' zei ik en ik wees in de richting van mijn huis.

Hij knikte en zei: 'Ja, dat weet ik. Het geeft niet. Ze komt zo.'

'Oké, goed dan. Nou, tot kijk,' zei ik terwijl ik de deur van de wachtkamer beetpakte, die was nu natuurlijk op slot, ik schudde mijn hoofd om mezelf, glimlachte naar hem en zei: *School for the gifted.*

Hij knikte en keek wat verward.

Toen ik om de hoek van het gebouw was gelopen, moest ik opeens denken aan de jas, ik liep terug naar de jongen en haalde de jas uit de tas.

'Je kunt deze hier zolang wel lenen,' zei ik.

Daarna zaten we samen op de bank, hij in de tweedjas. Ik kreeg de koptelefoon van hem en luisterde naar een van zijn lievelingsnummers. Ik zat gewoon te luisteren zonder iets te zeggen, af en toe knikte hij naar me en trok hij zijn wenkbrauwen op, en ik knikte terug. Hij had een stel korte, brede handen. De jasmouwen hielden een flink stuk voor zijn pols al op. Toen de trein in de verte tussen de bomen tevoorschijn kwam, ging hij staan. We waren nog steeds met elkaar verbonden via de walkman, dus ik volgde hem. Ik deed de koptelefoon af en gaf die aan hem, hij trok de jas uit en gaf die aan mij.

'Dank voor je hulp, tot kijk,' zei hij.

'Ja, tot kijk, dag,' zei ik en ik bleef bij het bankje staan terwijl de trein afremde, ik vouwde de jas in elkaar en wist die met veel moeite weer in de tas te krijgen. Toen kwam zij dichterbij, ik hoorde hen achter mijn rug.

'Hoi.'

'Hoi, wat doe jij hier?'

'Ik heb mezelf buitengesloten.'

'Nou, dan is het maar goed dat ik nu kom.'

'Je had toch ook vier gezegd.'

'Het had net zo goed vijf kunnen worden.'

'Dan was ik dood geweest,' zei hij en hij lachte, ik draaide me om en zag hen om de hoek verdwijnen. Ja, zij was het die zich die avond met het picknickstel tot mij had gericht, maar dat interesseerde me nu helemaal niet. Daar stond ik, met mijn jas in de tas en dat toeval met die woorden vandaag, vier, vijf, dood, het betekende helemaal niets, en toch was het zo eigenaardig dat ik me niet kon concentreren. Ik had een keer een tv-programma gezien over een vrouw die overal tekens in zag. Ze deed haar boodschappen, trainde en sliep volgens die tekens, en ging uiteindelijk scheiden omdat alles om haar heen ook uit elkaar viel, gereedschap en stoelen, maar vooral naden. Die laatste hadden er natuurlijk helemaal niets mee te maken, maar zoals ze zelf zei: je ziet en hoort natuurlijk wat je wilt zien en horen.

Ik liep met mijn jas naar huis. Ik ging naar binnen en zette koffie. In hetzelfde programma was ook een portret geschetst van een kleine Oostenrijker die al achtentwintig jaar de hik had. De man over wie je anders altijd las, zat daar nu te hikken terwijl hij over zijn aandoening praatte. Eigenlijk had hij over willekeurig wat kunnen praten, het zou eigenlijk zelfs beter zijn geweest als hij over heel iets anders had gepraat.

25

Het regende. De klepbank stond op het erf te vergaan. Hans-Jakob experimenteerde iedere middag met brood-bakken, hij paste verschillende vormen van rijzen toe en gebruikte allerlei soorten meel. Hij bakte een zeer geslaagd brood in een pan en serveerde het drijvend in de boter. Ruth smeekte na zes plakken om haar mond dicht te tapen, Hans-Jakob haalde de EHBO-trommel uit de Volvo en knipte een pleister af. Hij rende de hele benedenverdieping achter haar aan, ze gilde en krijste. Ik was die dag aan het werk geweest, Ruth had erop gestaan me te brengen, ook al hoefde ze zelf geen les te geven vanwege de schriftelijke examens. Onderweg nam ze twee mannelijke lifters mee, waarvan er een dreadlocks had. Ze spraken gebrekkig Duits en waren onderweg naar Zweden. Ze zaten op de achterbank en waren heel dankbaar, ze gaven ons een zak gemengde drop en een miniflesje cognac. Ruth bracht hen naar de ringweg en deed boodschappen terwijl ik met Nil-ler huiswerk maakte. Na afloop wachtte ik op haar onder het afdak bij de fietsenstalling, ze glimlachte en zwaaide van achter de beslagen autoruit toen ze me zag, ze leunde over de stoel heen en opende het portier.

'Stap snel in, hier is het droog. Ging het goed?'

'Het ging prima.'

'Het ruikt hier wel wat naar kippen,' zei ze, 'maar wat waren ze vriendelijk.'

'Ik vond het heel aardig van je dat je ze oppikte,' zei ik. 'Er zijn heel wat mensen die dat niet gedaan zouden hebben.'

'Dan zouden ze wel wat anders verzinnen. Wil je een dropje?'

'Ja, graag.'

'Is er nog iets wat we moeten regelen, nu we toch onderweg zijn?'

'Nee, niet echt.'

'Ik heb trouwens deze hier voor je gekocht,' zei ze en ze greep naar een tas op de achterbank, het was een boek waarover we in de krant hadden gelezen, toekomstnovelles geschreven door jongeren uit de provincie Storstrøms Amt, en een recensie met de kop *Modder en golfkarton*. We namen een andere weg terug, Ruth had gehoord dat je bij een kraampje in Alsted honing kon kopen, we reden rond en zochten, zonder het te vinden. Toen we de provinciale weg op reden vroeg ze of ik even naar huis wilde om mijn vader en moeder te zien, maar dat wilde ik niet.

'Ik wilde hen anders graag bedanken,' zei ze.

'Waarvoor?'

'Ja, wat dacht je?' zei ze en ze glimlachte naar me, en ik glimlachte terug en hield haar de dropzak voor, ze pakte er een paar dropjes uit en reed met één hand aan het stuur.

Toen Hans-Jakob haar bijna te pakken had met de pleister lukte het haar om de terrasdeur open te gooien, ze rende op sokken de regen in, hij stond wat te vloeken, daarna rende hij achter haar aan. We volgden hen vanuit het huis, ze sprongen onbeholpen over de keien, bij de schuur kreeg hij haar te pakken, opnieuw gilde ze luid. Op hetzelfde moment kwam Lars in regenkleding het erf op fietsen. Het was een tijdje geleden dat we hem hadden gezien. Hij stapte af en liep met de fiets naar de schuur, zette hem neer. We zagen hen alle drie staan praten en lachen. Daarna kwamen ze naar het huis, het haar van Ruth was een vochtig gordijn geworden, hun sokken maakten natte sporen op de vloer. Lars trok zijn regenkleding uit en gooide die in de bijkeuken. We stonden met zijn allen wat te praten in de keuken, en toen wilden Ruth en Hans-Jakob onder de douche. Ze verdwenen de trap op, we hoorden hun voetstappen boven onze hoofden en even later het zachte ruisen in de afvoerpijp. Per wilde een lp halen die hij had gekocht, zodat we die via de stereo-installatie konden luisteren. Vanuit het keukenraam zagen we hem op rubberlaarzen het erf oversteken.

Terwijl hij weg was liepen we naar de kamer. We keken naar de tuin en naar het bos achter de beukenhaag. Alles was zo lichtgroen dat het bijna geel leek. Lars legde zijn hand op mijn schouder, ik draaide naar hem toe en toen zoenden we elkaar. Per kwam terug met zijn lp, we zaten op de bank en beluisterden die een paar keer. De kachel brandde. Toen Per naar de wc ging, zoenden we elkaar nog een keer. 's Avonds aten we ossobuco, we praatten, we lachten en we dronken rode wijn, en ik had allerlei valse gedachten in mijn hoofd, alles trok aan me. We zaten tot ver na middernacht aan tafel, Lars bleef slapen op de bank in de woonkamer, en ik lag het grootste deel van de nacht wakker naast Per. Hij haalde zwaar en warm adem. Tegen drie uur 's nachts zette ik het raam open en hoorde ik een nachtegaal in de regenmist. Het was allemaal veel te veel. Het was niet iets wat ik ooit met iemand kon delen. Per werd half wakker en fluisterde mijn naam, en ik deed het raam heel zachtjes dicht en kroop weer in bed.

26

's Avonds kon ik de jongen van het stationsloket met zijn vriendin in hun appartement zien. Hij liep rond in wat de woonkamer moest zijn. Zijn vriendin stond bij het aanrecht, af en toe deed ze het raam open en schudde een vaatdoek uit. Ik dacht aan de redenen die je kon hebben om een vaatdoek uit te schudden. Een aantal keren zat hij in de vensterbank van de woonkamer te roken. Hij hield een hand onder zijn kin en kleine rookwolken verborgen zijn bleke gezicht. Ze hadden een grote cowboy-cactus, die stond achter een van de andere ramen. Op een avond wilde ik een brief posten, ik neuriede de hele weg naar de brievenbus. Het ging om een aanvraag voor een studiebeurs. Toen ik bijna onder hem stond, schraapte hij zijn keel, ik keek wat om me heen en groette toen.

'Heb je het warm genoeg?' vroeg hij van boven.

'Jawel, dat lukt wel.'

'Het wordt anders flink koud nu,' zei hij en hij nam een trek van zijn sigaret, zijn wangen zagen er hol uit in de schaarse verlichting.

'Ik heb gelukkig een verwarmingsketel.'

'Aha, oké.'

'En jullie, hebben jullie stadsverwarming?'

'Nee, wij hebben ook een verwarmingsketel. Die staat beneden. Hij verwarmt de hele toko,' zei hij en liet een vinger door de lucht gaan.

Ik knikte. Hij knikte ook.

'Dat moet dan een grote ketel zijn,' zei ik.

'Ja, misschien wel,' zei hij. 'Dat weet ik eigenlijk niet. Hij ziet er redelijk normaal uit.'

Toen lachten we allebei. Hij drukte de sigaret uit op de borstwering en schoot hem weg. Hij kwam onder de lantaarnpaal op de grond terecht, en toen werd er boven een wc doorgetrokken, de deur van de badkamer moest bijna tegelijkertijd zijn geopend, zo duidelijk was het geluid.

Hij glimlachte naar beneden en zei: 'Nou, fijne avond nog.'

'Ja, tot kijk.'

Ik zou gehaktbrood eten, maar toen ik met het gehakt en het doosje eieren in de keuken stond had ik toch geen zin om het te maken. In plaats daarvan braadde ik het gehakt los en vulde er een pitabroodje mee, samen met wat komkommer. Ik at niet langer bij de klaptafel, ik kon zo dicht bij het raam niet van het eten genieten. Ik had een opstelling gemaakt met een verhuisdoos bij de leunstoel achter in de kamer, de doos deed dienst als tafel. Ik trainde mezelf in langzaam eten, dat was nog best moeilijk als je alleen was. Dorte had een methode als haar kleding te krap werd, ze stak dan een sigaret op en nam een trek na elke hap. Daarbij zei ze nee tegen bijna alles, het beste dieet is met je hoofd schudden, zei ze. Het was nu echt behoorlijk koud geworden. Het tochtte op de vloer, ik liep binnenshuis met laarzen aan. Soms sloeg de verwarming niet aan, dan moest ik het water bijvullen, er was een stukje waterslang dat ik daarvoor kon gebruiken. Ik had intussen al heel wat water bijgevuld. Na een week zakte de druk, de naald stond bijna in het rode gebied. Ik wist niet waar al dat water bleef. Als de kachel brandde, was het in de bijkeuken goed warm. Nu droogde ik mijn kleren daar, ik had een paar spijkers in de muur geslagen en waslijnen gespannen. Een enkele keer ging ik daar zitten eten, ik had zo lang stilgezeten in de kamer dat ik helemaal stijf was van de kou. Na het eten liet ik het bad vollopen en ging erin liggen, maar dat vond ik niet prettig, ik hoorde het overal ritselen als ik naar het plafond van de badkamer lag te kijken. Er stak een stuk stro uit een kier daarboven.

Ik ging trouw voor middernacht naar bed. Ik lag te draaien en te tollen, iedere avond besloot ik om de volgende dag wat te gaan bewegen. Ik lag van steeds grotere getallen terug te tellen. Dat leidde tot van alles, behalve tot slapen. Er had te veel knoflook in dat gehakt gezeten, mijn maag was onrustig. Ik werd kwaad op mezelf over alles, over knoflook en geldgebrek en dat idiote gewauwel over verwarmingsketels, ik stond weer op en trok mijn laarzen aan, deed mijn badjas aan over mijn slaapshirt en liep de voortuin in, ik schopte hard tegen de appelboom. Dat haalde niet veel uit. Maar ik raakte helemaal buiten adem van die trap, ik stond naar adem te happen. Het licht van de straatlantaarn viel schuin op het gazon. Toen hoorde ik iemand zacht hoesten bij het station, hij stond daar te roken op de stoep. Hij droeg ook een badjas, een witte. Die van mij was roze. Ik had niet verwacht dat hij me in het donker had gezien, maar toen stapte hij de stoep af en liep me tegemoet.

27

Ooit had ik Dorte gevraagd of ze altijd even verliefd werd.

Ze haalde haar schouders op en zei: 'Ja, zo ongeveer.'

'Maar wat gaat er dan mis?'

'Ik weet niet of er iets specifieks misgaat. Soms wil ik gewoon opeens liever alleen zijn. Ik kan toch ook best lastig zijn.'

'Maar krijg je genoeg van hen?'

'Ach, dat kan ik niet uitleggen. Ik was ook niet elke keer degene die is weggegaan. Neem nou bijvoorbeeld Henning,' zei ze en ze schudde haar hoofd. We zaten aan haar eettafel met een stuk zandgebak, het regende, misschien was het wel een feestdag, ze hoefde in ieder geval niet naar de winkel. We hadden een vrij lang gesprek gevoerd omdat de overburen heel onverwacht waren gescheiden, Dorte was er nogal verbaasd over. Nog maar een paar weken geleden had ze hen hand in hand zien staan bij het koelvak, ze hadden naar salami staan kijken.

'Wat vind jij?' had de een gevraagd.

'Dat weet ik niet, wat vind jij?' zei de ander.

Dorte had zin gehad hen allebei een schop onder hun kont te geven, zoals ze zei, maar tegelijkertijd voelde ze ook een beetje afgunst. Ze dacht: waarom lukt het hun wel als het mij niet lukt? Telkens dacht ze dat ze de ware had gevonden. Maar dan bleek toch dat hij een rare gewoonte had en gesprekken met zichzelf voerde, jam boven op plakjes kaas smeerde of achter haar rug om flessen verzamelde als ze een van hun ontelbare wandelingen in het park maakten. Dat had Henning gedaan, ze begreep niet dat hij de hele tijd wat achterbleef. Hij liep bovendien ook met een rugzak, daar verstopte hij de flessen in, maar ze had van het begin af aan besloten zich er niet mee te bemoeien. Hij was journalist bij *Dagbladet*, hij las romans en biografieën. Hij wilde per se iedere nacht naar zijn eigen huis om te slapen. Ze was maar één keer in zijn woning, die was donker en nogal rommelig, maar daar bemoeide ze zich ook niet mee. Ze gaf hem een sleutel van haar woning en veegde de krantenvingers van de vensterbanken als hij er niet was. Na een paar weken bleef ze hem aan zijn kop zeuren om te blijven slapen, het was op een zaterdagavond. Eerst bromde hij wat, daarna zwichtte hij.

Ze was die nacht vaak wakker, ze glimlachte naar hem in het donker. Ze lag in bed en zag het op de wekker zeven en acht uur worden voor ze opstond. Ze sloop naar de badkamer en maakte zich op. Om negen uur zette ze het koffiezetapparaat aan. Om half tien roosterde ze brood. Om tien uur roosterde ze het nog een keer, maar pas om half elf hoorde ze hem uit bed komen. Ze ging rechtop op haar stoel zitten en probeerde te glimlachen.

'Wat heb jij goed geslapen zeg,' zei ze toen hij binnenkwam.

'Mm,' zei hij en hij raakte even haar schouder aan, ging zitten en nam een sneetje toast.

'Ja, ik heb natuurlijk al gegeten,' zei ze. 'Ik kon niet langer wachten. Ik heb anders lang gewacht. Ik kijk altijd uit naar mijn morgenkoffie.'

Ze knabbelde een klein stukje van een sneetje toast af en stopte dit in haar mond, ze dacht: dit is het moment om ruimdenkend te zijn.

'Ik had me eigenlijk ook voorgesteld dat we samen zouden ontbijten,' zei ze.

En even later: 'Ik begrijp dus niet dat volwassen mensen tot half elf blijven liggen slapen.'

Hij stopte even met het eten van zijn toast, daarna gingen zijn kaken weer op en neer. Hij dronk nog een kop koffie en ging naar de wc. Ze zat uit het raam te kijken naar de auto's op het kruispunt, een voetganger zag haar zitten en zwaaide. Ze zwaaide niet terug. Een hele poos later kwam hij weer binnen, met zijn jas aan en zijn rugzak om, hij stak twee vingers in de lucht ten afscheid en zei: 'Nou, bedankt voor alles.' Ze wist niets te zeggen, omdat ze zo giftig was. Ze zat bijna een uur lang helemaal verstijfd aan tafel. Toen wist ze zichzelf te over winnen en ging naar zijn appartement, maar er werd niet opengedaan. Ze zocht een verfrommeld stukje papier in haar tas en schreef: *Ben je weggegaan omdat je weg moest, of ben je weggegaan?* Ze vouwde het papiertje dubbel en gooide het door de brievenbus. Sindsdien had ze hem een enkele keer gezien toen hij de Kvickly-supermarkt wilde binnengaan, hij had haar ook gezien, ze hadden zich allebei omgedraaid, hij was helaas sneller geweest dan zij.

Maar het was de bovenburen dus ook niet gelukt. Ze waren trouwens wel acht jaar bij elkaar geweest, Dorte hoorde de vrouw nu iedere nacht huilen in de woning. Ze was haar ook tegengekomen op de trap, ze zag eruit alsof ze in chloorwater had gelegen.

Ze zei: 'Het is eigenaardig, want ik zie hoe ze eronder lijdt. Maar ik begrijp gewoon niet dat het zo'n pijn kan doen. Ze is nog zo jong, de hele wereld ligt open voor haar.'

'Ze mist hem waarschijnlijk,' zei ik.

'Ja, ja, maar toch.'

'Misschien is het net als wanneer jij mij nooit meer zou zien,' zei ik.

'Denk je? Nou, maar dat kan ik me helemaal niet voorstellen. Wat een vreselijke gedachte.'

'Dan is het waarschijnlijk zoiets.'

'Och, nee toch. Weet je wat, ik denk dat ik een van de komende dagen even naar haar toe ga met een plantje,' zei ze.

28

Per, Ruth en Hans-Jakob nodigden me uit om in de pink-
stervakantie mee te gaan naar Zweden, drie dagen in een
hotel aan een meer in Småland. We reden er in de Volvo
naartoe, Per en ik zaten op de achterbank met ieder ons
eigen hoofdkussen. We hielden elkaars hand vast, Per
wreef met zijn duim over mijn handpalm. Ik trok mijn
hand weg en legde het kussen goed tussen mijn wang en
de ruit. Ik keek naar de enorme naaldbossen langs de weg.
Ruth reed, Hans-Jakob had een kaart en een tablet Mara-
bou-chocolade op schoot. Hij brak er stukken af en probeerde die aan ons te slijten. We zouden in het hotel in
twee kamers logeren, 's avonds zou er in een zaal een fees-
telijk diner zijn. We zouden gaan koffiedrinken in een pa-
viljoen in de tuin en de heuvel af lopen naar het ijskoude
meer, om erin te baden. Per had een geblokte short aan,
zijn dijbeenspieren waren lang en sterk. Hij pakte mijn
hand weer vast, boog naar me toe met zijn mond dicht
bij mijn oor.

Hij vroeg: 'Ben je moe, liefje?'

'Een beetje.'

'Je bent toch niet wagenziek, hè?'

'Neuh.'

'Kunnen we bij de volgende parkeerplaats even stoppen?' zei hij hardop tegen Ruth.

Ruth knikte en antwoordde: 'Ja hoor, dat is een goed

idee. Geef me ook eens een stukje, Hans-Jakob.'

We liepen heen en weer op de parkeerplaats. Per zwaaide onze handen heen en weer, hij duwde me in een greppel en trok me weer omhoog. Ruth en Hans-Jakob zaten op het bankje en bestudeerden de kaart, Hans-Jakob zwaaide naar ons.

'Moet je die oude knakker zien,' zei Per.

'Zo praat je niet over je vader,' zei ik.

'Hij heeft die tablet chocolade al bijna helemaal opgegeten, in zijn eentje.'

'Hij is nog maar vijfenveertig. Hij kan je nog steeds verslaan bij croquet.'

'Haha.'

'Au, niet daar.'

'Ik wil ook ooit oud worden met jou,' zei hij.

'Nee, dat wil je niet.'

'Wat bedoel je? Dat wil ik juist heel graag.'

'Jij wilt toch helemaal niet oud worden?'

'Is ook zo, nee. Maar dat andere wel.'

'Dat is lief gezegd,' zei ik en hij legde zijn armen van achteren om me heen, zoende me in mijn nek en duwde me voor zich uit naar de anderen.

Ruth keek op en zei: 'Bijna vierhonderd kilometer en jullie zoenen elkaar nog steeds.'

's Avonds na het zwemmen in het meer lagen we naakt in onze hotelkamer, voldaan van het elandvlees en de Franse rode wijn. Onze zwemkleding hing uit te druppen op het balkon. Beneden werd pianogespeeld en aan de andere kant van de muur aan het hoofdeinde hoorden we de zachte stem van Ruth, er klonk gestommel, van een meubel misschien. Daarna rinkelende glazen en gelach. Toen ik me naar Per omdraaide, was hij in slaap gevallen. Ik begon te huilen, eerst heel zachtjes, maar daarna begon het snot uit mijn neus te lopen, ik snikte en huilde.

Uiteindelijk werd hij wakker, hij ging rechtop in bed zitten en vroeg: 'Wat is er loos? Heb je te veel rode wijn gedronken?'

'Nee.'

'Wat is er dan? Heb ik iets gedaan?'

'Nee.'

'Maar wat is er dan?'

'Het was gewoon omdat jij in slaap was gevallen. Ik voelde me opeens zo alleen.'

'Kom hier,' zei hij en hij trok me naar zich toe.

Ik huilde tegen zijn gladde schouder en zei: 'Ik kan er ook niet tegen dat we zo jong zijn. We zijn veel te jong.'

'Voor wat?'

'Voor van alles. Voor dit hier. We zitten gewoon te wachten tot het kapotgaat.'

'Wat is dat voor een uitspraak midden in de nacht, koeienvlaai die je bent?' zei hij en toen begon hij ook te huilen, de tranen bleven stromen, hij pakte het kussen en hield dat voor zijn gezicht. Ik schrok vreselijk. Hij kroop in elkaar, hij maakte langgerekte, holle geluiden. Na een poosje leunde ik naar voren en haalde het kussen weg, zijn pony was plakkerig.

'Sorry. Zo was het niet bedoeld,' zei ik.

'Deed je daarom zo eigenaardig?' vroeg hij.

'Nee. Sorry,' zei ik.

'Maar wat probeer je dan eigenlijk te zeggen?'

'Gewoon dat. Ik vond opeens dat we zo jong waren.'

'Wat wil je dat ik erover zeg? Ik kan toch niets zeggen,' zei hij. Er klonk een onbekende boosheid in zijn stem die me wel aanstond.

'Je hebt gelijk,' zei ik.

'Je bepaalt zelf wat je graag wilt,' zei hij. 'Dat heeft helemaal niets te maken met wel of niet jong zijn.'

Maar de volgende ochtend was zijn woede verdwenen, hij zat me over de kaneelbroodjes heen te strelen. Telkens wanneer ik naar buiten keek, dacht ik aan mijn koffer. Het motregende, het gras was fel lichtgroen. Ik dacht aan zitten in een bus met mijn handen in mijn schoot, en aan uitstappen. Ruth haalde gekkigheid uit met een doosje lucifers, de koffie ging over het kopje. Er lagen witte tafelkleden op tafel. Ik zag die koffer voor me als de anderen met iets bezig waren, of als ik alleen was. Als ik op de hotelkamer bij het raam met uitzicht op het meer stond, of als ik in bed lag. Toen we thuiskwamen leek het onvermijdelijk om mijn spullen te pakken. Dat deed ik dinsdagochtend, voor Per wakker werd, en toen hij wakker werd zei ik het tegen hem. Ik droeg de koffer naar beneden en zette die buiten onder de esdoorn, ik haalde mijn fiets uit de schuur. Per stond in zijn onderbroek midden op het erf. Toen ik naar hem toe liep om hem een kus te geven, draaide hij zich om. Ik wist mijn koffer op de bagagedrager te krijgen, ik liep met mijn fiets aan de hand de oprit af. Vlak voor de hoofdweg draaide ik me om, hij stond er nog steeds. Hij verroerde zich niet. Ik wilde mijn hand opsteken, en toen stak ik die op.

29

Het was vermoeiend om met mijn koffer op de bagagedrager te lopen, hij gleed voortdurend een kant op. Af en
toe moest ik stoppen en hem weer op zijn plek schuiven,
na de eerste kilometer had ik bijna geen kracht meer in
mijn armen. Voor Teestrup werd ik opgewacht door een
witte bestelwagen met twee mannen in witte overals, de
een draaide het raampje naar beneden.

'Heb je hulp nodig?' vroeg hij.

'Nee, dank je.'

'Je kunt alles achterin gooien.'

'Nee hoor, bedankt.'

'Waar moet je naartoe? Naar Ringsted?'

'Nee, ik hoef maar tot daar,' zei ik en ik wees, en ze
draaiden allebei hun hoofd om, ik verplaatste mijn wijs-
vinger wat naar rechts, naar een gebouw achter een gaas-
hekwerk.

'Ah oké, doe ze daar de groeten,' zei de een en daarna
reden ze door, de ander glimlachte scheefjes in de ach-
teruitkijkspiegel.

Het gebouw was een oud transformatorstation. De bestelwagen was allang verdwenen, toch bleef ik even bij
het hek staan en tilde mijn koffer van de fiets. Ik ging
erop zitten. Hij gaf op een wat ongezonde manier mee,
ik verplaatste mijn gewicht verder naar voren, naar mijn

benen. Ik had mijn sportschoenen aan, mijn veters zaten los. Ik had ontzettende dorst. Ik had appelsap meegenomen, maar ik kon me er niet toe zetten die te zoeken. Er reden een paar auto's langs. Wat later een gezette vrouw op een bromfiets, ze schrok toen ze me zag. Ik hoorde het geluid van de brommer steeds zachter worden, toen haalde ik mijn appelsap tevoorschijn. De zon scheen fel, mijn armen trilden van het gezeul met de koffer. Na een poosje keerde het geluid terug, ergens in de verte aan de rechterkant. Het nam in volume toe en uiteindelijk stond de vrouw van daarstraks voor me stil. Ze deed de brommer uit en zette haar helm af.

'Alles in orde met je?' vroeg ze.

'Ja,' antwoordde ik en ik dronk wat sap, het rietje maakte een slurpend geluid. Ze droeg een spijkerrok en een jas met franjes, ze stond met de brommer tussen haar benen.

'Het viel me gewoon op dat je er zo verlaten uitzag. Toen ik al bijna in Haslev was,' zei ze.

'Goh,' zei ik.

'Maar fijn dat alles in orde is.'

'Ja, dat is zo.'

'Toen vroeg ik me af of je misschien naar de stad moest. Want dan kan ik je best met de brommer meetrekken.'

'Maar ik heb die toch bij me,' zei ik en ik wees naar de koffer.

'Jawel,' zei ze. 'Maar die zouden we dan daarna kunnen ophalen. Hoe ver heb je daarmee gelopen?'

'Dat weet ik niet. Vijf kilometer, misschien.'

'Oei, oei.'

'Dus ik denk niet dat ik op dit moment kracht in mijn

armen heb om te worden meegetrokken, maar het is heel vriendelijk van je,' zei ik.

Ze knikte.

'Dan doen we het op een andere manier, dan laten we in plaats daarvan de fiets staan. Drink nou eerst maar op, we hebben de tijd,' zei ze en ik dronk mijn appelsap op en ging staan, drukte de lucht uit het pakje en stak die bij gebrek aan beter in mijn broeksband. Ze zette haar helm weer op. Toen pakte ze mijn koffer en zette die voorop, schuin tussen haar benen. Het zag er gevaarlijk uit. Ze startte de brommer en wees naar de bagagedrager, ik klom achterop. We reden slingerend weg. We reden heel langzaam. Ik sloeg mijn armen om haar heen, haar jas rook naar iets bekends, zonnebrandolie of meloen. Het moest lastig voor haar zijn om zo te rijden, ze klemde de koffer met haar dijen en kuiten vast. Toch had ze nog energie over om naar links te knikken toen we langs een haas reden die in een weiland zat. Zijn oren bewogen.

Ik had me een bepaalde voorstelling gemaakt van Haslev. Maar toen we de bebouwde kom in reden, was ik die al vergeten. De wegen waren breed en stoffig, de riooldeksels galmden onder ons. We stopten bij een pleintje met lege hangpotten, ze leken op de potten die we thuis hadden gehad. Ik stapte af en zij wist zich te bevrijden van de koffer.

'Kun jij je vanaf hier redden? Je hebt geen behoefte aan onderdak?' vroeg ze door het vizier heen.

'Nee dank je, op dit moment niet. Bedankt voor de lift.'

'Bedankt voor het gezelschap. Moet ik je fiets een keer voor je meenemen?'

'Dat hoeft niet, ik haal hem wel gewoon op.'

'Prima. Dan rij ik nu naar de bakker. Succes,' zei ze en ze gaf me een hand, die was zacht en klam.

Ik bleef staan en zag haar wegrijden. Ze draaide zich om en zwaaide, voor ze bij een rood huizenblok de hoek omsloeg. Ik legde de koffer neer en deed hem open, ik haalde mijn geld eruit. Daarna zette ik de koffer op zijn kant en legde er een sweater bovenop, ik liet beide achter en stak de weg over naar een kiosk, waar ik drie pakjes sap en een rol koekjes kocht. Toen ik terugkwam stond Lars op het plein met een lading hangfuchsia's. Ik dacht heel even dat het een soort welkom was. Het was zo'n merkwaardig toeval dat we moesten doen alsof er niets aan de hand was. Ik gaf hem een pakje vruchtensap en verstopte de rol koekjes in mijn koffer.

30

Ik woonde in Haslev bij Lars op zijn kamer. We hadden een scheepsbed, een hoekkast en een bureau waaraan we ook aten. Iedere ochtend als hij was vertrokken liep ik naar de kleine binnenplaats beneden en plukte iets groens. Ik zette het boeket in de tinnen beker op het bureau. Ik waste mijn haar met eigeel, ging de stad in en keek naar kleding en sieraden. Ik kocht kokosmelk, bami goreng en een merkwaardige, paarse vrucht die we middendoor konden snijden. We deelden de keuken en de douche. De jongen naast ons kwam uit Egøje, hij maakte de wasbak nooit schoon na gebruik. Een van de anderen was rij-instructeur. Lars moest na de zomervakantie weer naar de lerarenopleiding, hij was zo bruin geworden dat zijn stoppels glansden. Hij lag op het scheepsbed met zijn armen boven zijn hoofd uit te rusten, ik zat aan tafel en keek naar hem. Of ik las de krant die hij uit het tuincentrum had meegenomen terwijl ik aan het boeket zat te frunniken. We aten vaak aardappelen met koude jus. Als we elkaar omhelsden, knipperde ik heftig met mijn ogen achter zijn schouder.

We gingen niet samen de stad in, we gingen nergens naartoe. Ik oefende om rechter op te lopen, ik liep de Jernbanegade op en neer in een gele jurk. Ik had ook een paar schoenen met hoge hakken gekocht, met riempjes. Ik dekte iedere avond de tafel heel mooi, we aten met de deur naar het Franse balkon open. Er waren twee kleine meisjes die vaak op de binnenplaats speelden. Ze bouwden hutten achter een bosje en speelden met poppen. Ik stond bij de balkondeur en zwaaide naar hen, soms zwaaiden ze terug. Ik riep Lars, want hij moest ze ook zien, hij toonde niet veel interesse. Ik wreef mijn nagels glimmend met een plukje watten waar ik zonnebloemolie op had gedaan. Soms dronken we wijn bij het eten, we verdunden die met water. Ik had weinig eetlust, dus begon ik boter te eten. Ik at mijn ontbijt pas nadat hij was vertrokken. Ik roosterde een snee brood en maakte een halve kan koffie. Ik maakte kruiswoordpuzzels terwijl ik koffiedronk, daarna stofte ik een beetje af en luchtte de kamer. Ik waste ons beddengoed in de kelder. Zodra de wasmachine draaide, haastte ik me weer naar boven en zette de eierwekker. Ik ging voorzichtig op het scheepsbed liggen om mijn kapsel niet te ruïneren, ik was begonnen mijn haar met haarspelden op te steken. Ik probeerde te lezen, maar ik kon me er niet toe zetten. Ik kon me dat niet voorstellen, dat ik las. Lars las Kafka, hij vond het zinloos om iets anders te lezen. Als hij las schoten zijn ogen heen en weer. Ik vroeg me af of mijn ogen op dezelfde manier heen en weer schoten als ik las, en of dat me goed stond. Ik plukte mijn wenkbrauwen met een handspiegel voor de balkondeur. Ik deed mijn kleren al uit voordat hij thuiskwam, ik stond in verschillende poses bij het bureau. Ik liet me fotograferen met een bolhoed op. De hoed lag op de hoekkast, boven op een fles Bacardi.

Het kwam voor dat ik naar beneden liep en Per belde.

Er stond een telefooncel bij de bioscoop, die was het dichtst bij. Ik had telkens muntstukken van vijf kroon bij me, maar die had ik nooit nodig. Zijn stem was afwisselend uitbundig en lusteloos. Ik vroeg hoe het met hem ging, en hij zei dat hij op vakantie ging naar Anholt. En daarna naar Bulgarije. Maar hij wist niet of hij daar mee naartoe wilde. Het zou ook fijn zijn het huis voor zichzelf te hebben, zonder zijn ouwelui, zei hij, en toen begon hij te huilen. Er klonk gekraak, hij liep weg. Ik stond te ademen in de zwarte telefoonhoorn, die daardoor besloeg. Toen klonk de stem van Ruth aan de andere kant van de lijn.

'Hallo, je moet Per niet meer bellen. Hij wordt er veel te verdrietig van,' zei ze.

'Het spijt me,' zei ik.

'Dus dat moet je niet meer doen.'

'Het spijt me heel erg,' zei ik, mijn handpalmen waren vochtig geworden van het vasthouden van de vijfkroonmuntstukken. Ik liep met een omweg naar huis, het was dinsdag en er was markt. Ik kocht een bakje aardbeien en een perzik, ik at de perzik tijdens het wandelen. Hij drupte op mijn gele jurk. Ik maakte de aardbeien schoon en zette ze in de koelkast, daarna lag ik op de vloer voor de open balkondeur te zonnen. Ik ging ook naar de zonnebank achter de kerk, dat kostte tien kroon voor vijfentwintig minuten. Er waren twee meisjes die om de beurt bij het solarium werkten, het ene had een dikke bos haar en kattenogen, ze sprak met een Juts accent, ik vroeg me af wat ze in Haslev deed.

'Wil je meteen een nieuwe afspraak maken?'

'Ja, graag morgen.'

'Heb je soms vakantie?'

'Dat kun je wel zo zeggen.'

'Lekker zeg,' zei ze en ze noteerde me in het boek voor drie uur 's middags.

'Ja, lekker,' zei ik, dan kon ik nog voordat Lars vrij was thuis zijn en onder de douche gaan. Ik dacht dat hij dit type meisje wel leuk zou vinden, ze had mooie, goed verzorgde handen. Ik kreeg de perzikvlek er onder de kraan uit, mijn jurk was in een mum van tijd weer droog. Mijn haar was bijna wit door de zon, het stond me goed, ik trok mijn jurk weer aan en dekte de tafel met glazen en bestek. Toen bedacht ik me en zette alles weer terug in de hoekkast. Ik zat met *Het Slot* voor me toen hij thuiskwam. Eerst rustte hij uit, daarna ging hij onder de douche. Toen stond hij lang zwijgend uit het raam te staren.

'Hé, maar nu gaan we aardbeien eten,' zei ik en ik liep naar de keuken, maar toen waren ze verdwenen, het was de jongen uit Egøje.

's Nachts lagen we heel dicht tegen elkaar aan. Het ruiste in de boomtoppen achter het huis. Als een van ons niet kon slapen, dan maakten we de ander wakker, dat was de afspraak. Daarna vielen we bijna altijd in slaap. De wekker ging om half acht, het werk was van acht tot vier. Op een vrijdag zei hij dat hij laat thuis zou zijn. Een van zijn broers was achttien geworden, thuis bij zijn ouders was er taart en big aan het spit. Ik stond in de keuken en zwaaide naar hem toen hij wegreed, dat deed ik iedere ochtend. Hij droeg een groene short en een T-shirt, hij draaide zich om en zwaaide voor het kruispunt. Nu moest ik een hele dag en ook de avond zien door te komen, ik luchtte heel snel de kamer en stofte wat af. Ik zat de rozijnen uit de muesli te peuteren, ik telde mijn geld. Ik moest nog wat meer halen. Toen het bijna half tien was, liep ik de stad in naar de bank, ik stapte de snoepwinkel binnen en kocht een heel groot ijsje, ik was de eerste klant van de dag. Ik zat op het pleintje met de hangpotten mijn ijs te eten. Na afloop werd ik zo slaperig dat ik naar huis liep en ging liggen. Toen ik wakker werd, ging ik onder de douche en maakte ik de wasbak schoon. Toen was het even na elf uur. Ik vouwde mijn kleren op en maakte er nette stapels van, ik perste een citroen uit en deed het sap in mijn haar. Het kon zo stil zijn op die kamer.

Aan het eind van de middag besloot ik het huis uit te gaan om mijn fiets op te halen bij het transformatorstation. Om meerdere redenen had ik dat nog niet gedaan. Ik schreef een briefje voor Lars, mocht hij toch vroeg thuiskomen. Toen bedacht ik me en verfrommelde het briefje. Ik deed een van Lars' overhemden aan, het hing bijna tot over mijn shorts. Ik liep met blote voeten in mijn sportschoenen. Ik liep rond en keek in de voortuinen, ik wilde graag een voortuin met een buxus en klimop. De wind waaide onder het overhemd en tilde het op, het was heerlijk verfrissend.

Er waren nog steeds veel veldleeuweriken en ook een paartje kieviten op de landweg. Ik realiseerde me opeens dat ik deze zomer helemaal niet op het platteland was geweest, ik was alleen maar in de stad geweest, dat was voor het eerst in mijn leven. Een paar stukken braakland waren helemaal roze, nu was het de tijd voor wilgenroosjes, ik liep aan dat woord te denken, dat vergat je niet. Net als weerlicht en paardenvlieg. Een grote was wapperde in de tuin bij een boerderij, een windvlaag voerde een geur van wasverzachter met zich mee.

Mijn fiets stond er zoals ik hem had achtergelaten. Ik wilde een beetje rondfietsen, ik wist niet wat ik anders moest doen. De ketting ratelde toen ik wegfietste. Ik reed terug naar de dichtstbijzijnde kruising en sloeg links af, en fietste daarna verder door de omgeving. Ik dacht aan Lars en aan zijn gezicht, zijn borstkas en verder naar beneden. Over een maand moest hij weer beginnen op de lerarenopleiding, die gedachte beviel me niet. Als die zich aandiende, begon ik een geluidje te maken, een gesis tussen mijn voortanden, terwijl ik mijn hoofd schudde. Zo kon ik ook andere gedachten van me afschudden. Op een zondagochtend was ik vroeg wakker, ik lag in bed om me heen te kijken. Mijn schoenen met hoge hakken en riempjes stonden onder de tafel. We hadden de avond ervoor wijn gedronken, na de eerste fles had ik erop aangedrongen nog een open te maken. Ik was naar de keuken gelopen om een kurkentrekker te halen, de rij-instructeur droogde net een schaal af. Ik zocht in de la. Toen ik de kurkentrekker vond, hield ik die voor me omhoog en duwde de la met een klap dicht. De rij-instructeur keek me aan en ik keek hem te lang in zijn ogen. In het licht van de keuken hield hij zijn hoofd schuin, ik bleef zijn blik vasthouden. Hij keek wat verbaasd, maar hij glimlachte naar me. Ik glimlachte terug, toen draaide ik me elegant om op mijn hoge hakken. Zondagochtend schaamde ik me zo, ik lag een paar keer in het dekbed te sissen, ik mocht die rij-instructeur niet eens. Uiteindelijk werd Lars wakker en vroeg of ik ziek was, en het voelde bijna zo.

Bij een bosrand vloog de ketting eraf. Ik stopte en zette de fiets op zijn kop, ik worstelde om de ketting erop te krijgen. Die was helemaal uitgedroogd, en toch werden mijn handen pikzwart. Er kwam ook olie op mijn shorts. Ik veegde mijn handen af aan een paar zuringbladeren en besloot naar huis te gaan bij het volgende verkeersbord. Ik stapte weer op de fiets.

Vlak na de bosrand was een gele boerderij met een vlaggenmast. Er stond een aantal auto's langs de oprit, waaronder de oude Volvo, ik draaide me snel om en reed terug naar de bosrand. Ik legde de fiets op de grond en liep tussen de bomen, ik stond naar de boerderij te kijken. Nu rook ik duidelijk de big aan het spit, er klonk zacht gerinkel uit de tuin. In de bocht verscheen een auto, die toeterde het hele stuk tot op het erf. Dichtslaande portieren en gelach. Even later een collectief lachen uit de tuin van het hele gezelschap, een bulderend gelach.

Ik liep het bos uit, pakte mijn fiets op en reed op mijn gevoel terug. Dat was geen geslaagde actie, ik verdwaalde. Talloze bouwvallen met openstaande keukendeuren, radionieuws. De meeuwen zweefden boven een vroege maaidorser in de avondzon.

In Haslev ging ik naar de kamer van Lars om mijn geld te pakken, ik fietste naar de telefooncel en belde Dorte. Ze nam niet op. Daarna belde ik mijn ouders, ik kreeg mijn vader aan de telefoon. Ze zaten koffie te drinken en waren druk bezig geweest met de kas, problemen met condensvorming. Hij vroeg hoe het bij de lerarenvakbond ging. Ik zei dat het goed ging en dat we waarschijnlijk naar Anholt gingen. Toen had ik geen muntstukken meer, ik vroeg hem mijn moeder de groeten te doen. Ik belde nog een keer naar Dorte, ze was er nog steeds niet. Ik kocht een waterijsje bij de kiosk en nam dat mee naar de kamer, ik at het terwijl ik op bed lag. Er klonken ritmische geluiden uit de kamer naast de onze. Ik stond op en opende de balkondeur, ik gooide het ijsstokje in de bosjes beneden. Ik maakte een wandeling. Ik liep naar huis. Ik wist niet wat ik met mezelf aan moest, of hoe ik verder moest.

31

Mijn bungalow moest met kerst worden versierd. Ik had twee grote zakken met kerstgroen gekocht, ik zat een slinger van een paar meter te maken. Die moest boven de voordeur hangen, ik had zo eentje in een tijdschrift zien staan, vol ballen en sneeuw. Toen ik halverwege was gekomen, gaf ik het op. Ik had een heleboel sneetjes in mijn handen en armen gekregen van het staaldraad, mijn nagels braken, het was een idioot plan. Ik frommelde de half afgemaakte slinger in elkaar en gooide die in het schuurtje. Op de terugweg viel ik bijna over de achtergelaten picknickmand, ik bedacht dat ik die met siergroen kon vullen en op mijn stoep kon zetten, dat was een uitstekende vorm van kerstversiering.

Ik had twee keer bezoek gehad van de jongen van het station, hij heette Knud. De tweede keer was zijn vriendin bij haar zus op Funen. Ik had een blikje olijven geopend en een fles rode wijn en het samen met twee omgekeerde glazen op tafel gezet. Toen ik hem uit het stationsgebouw zag komen, keerde ik de glazen om. Nog voor hij kon aankloppen deed ik de deur open, ik ging hem voor naar de woonkamer. Hij had vier chocoladeschildpadden in aluminiumpapier bij zich. Daar lachten we om, toen gingen we zitten. Hij pakte een olijf.

'Heb je ook muziek?' vroeg hij.

'Alleen radio.'

'Luister je dan nooit naar muziek?'

'Jawel, naar de radio dus.'

'Aha, oké.'

'Wil je rode wijn?'

'Nee, dank je.'

'Wil je geen rode wijn?'

'Ja, doe toch maar. Dank je. Dat zijn lekkere olijven.'

'Ik heb ze bij de Irma gekocht. Dat wil zeggen, in Kopenhagen,' zei ik.

'O ja, de Irma,' zei hij, en daarna ging hij staan, kwam naar me toe en sloeg zijn hand om mijn nek, we zoenden en belandden op de vloer onder een van de stoelen, die viel om, we trokken en sjorden, mijn been stak als een witte paal omhoog. Het ging niet daar, in de woonkamer zonder gordijnen, we strompelden naar de slaapkamer, daar kwam de trein uit Hamburg langs, een lichte afleiding in zijn ooghoek, daarna schudde hij de rest van zijn broek uit en maakte zijn sprongetje. Hij had dat sprongetje de laatste keer ook gemaakt. Ik dacht dat het misschien zenuwen waren omdat het de eerste keer was. Zijn lichaam was hard en gespierd, we knalden tegen de lamellen. Verder was er geen band tussen ons. We vielen ieder met onze eigen zucht opzij, toen ging het beter, we hadden het over in een huis wonen versus in een flat. Zijn vriendin wilde graag verhuizen naar Vordingborg, ze wilde ook graag een kind, vandaar zijn frustraties. Wanneer wist je dat dít het juiste moment was? Als je dat niet wist, was dit dan niet het juiste moment? We haalden de rode wijn en het blikje olijven, we zaten met kussens in onze rug en een kaars op de vensterbank, hij was zeer geobsedeerd door de hoek waaronder je de treinen vanaf hier kon zien. Het was heel aandoenlijk, ik legde mijn hand op zijn harde bovenarm.

Dat was tien dagen geleden. Nu dacht ik meer aan hem dan goed voor me was, het had niets met de werkelijkheid te maken. Zijn vriendin klopte nog steeds de theedoeken uit in het keukenraam.

Ik had Dorte uitgenodigd om glühwein te komen drinken. We zouden er kerstkransjes en chocoladehoningbommen van de bakker bij eten, die er drie voor tien kroon verkocht, ik probeerde er eentje op de terugweg. Ze kwam na haar werk, dat kwam precies goed uit met Hardy's badminton. Ze had nieuwe kleren gekocht, een kerstpantalon met wijd uitlopende pijpen en een cardigan, ze had walnoten voor me meegenomen, een heel netje, plus een stuk brie, honing en twee potjes haring.

'Voor als je nog een kerstlunch hebt,' zei ze. 'Is er geen kerstlunch van je studie?'

'Nee,' antwoordde ik. 'Er is volgens mij een soort kerstparty.'

'Dat is ook veel beter, je wordt altijd zo sloom van al dat eten,' zei ze en toen lachten we, ze had net een groot, koud buffet in Ortved bezorgd. Ze was afgevallen. Het was de kerstdrukte, elk jaar in december werd ze misselijk. Die misselijkheid, en ook het donker, vielen haar zwaar, alleen al 's ochtends op te moeten staan zonder een hand voor ogen te kunnen zien, iedere dag zat ze voor zes uur aan de keukentafel met haar koffie in het donker te staren, terwijl Hardy snurkte als een os. In december verloor ze de moed. Jammer genoeg, want die had ze juist heel erg nodig. Mensen stonden tot buiten op straat in de rij voor de traditionele *finker*. Ze had een hulpkracht voor de kerstperiode aangenomen.

'Een kleine opdonder, maar goud waard,' zei ze terwijl ze zwaar aan haar sigaret zat te trekken, ik zag dat het niet goed met haar ging. Haar blik was wazig. Ze had gekeken naar een appartement aan de rand van Næstved, in de nieuwbouw.

'Ik heb altijd van Næstved gehouden, dat weet je,' zei ze en ze kreeg tranen in haar wazige ogen, ik liep naar haar toe en legde een arm om haar heen, ze snoof en wees naar de bakkerszak op tafel.

'Nee, nu gaan we iets lekkers eten,' zei ze en toen biggelden de tranen over haar wangen, daarna lachte ze, ze opende de zak met één hand en keek erin.

'Chocoladehoningbommen! Heb je al je geld uitgegeven?' vroeg ze en ze veegde haar gezicht af met haar onderarm, er kwam iets zwarts op haar nieuwe cardigan, ze wreef eroverheen.

'Nee hè,' zei ze en ze snoof nog een keer hard, 'ik moest er toch mooi uitzien. Wat heb je de tafel mooi gedekt. Wat een lange dag, ik heb me er zo op verheugd.'

'Zal ik je tenen doen?' vroeg ik.

'O, wil je dat doen? Nee, dat moet je nu toch niet doen, je moet wel doodop zijn.'

'Ik haal een teiltje, ga daar maar zitten,' zei ik en ze ging staan, ze was ook wat zwart onder haar ogen.

'Over dood gesproken, herinner je je Riborg nog?' vroeg ze terwijl ze met haar voeten in het water zat, dat verhaal vrolijkte ons altijd op. Tijdens een zomer waren we Riborg op de fiets tegengekomen bij Ganges Bro, we waren op een zondagmiddag aardbeien wezen plukken, wat je reinste zelfmoord was, het was bijna dertig graden. We hadden achttien kilometer gefietst, en nu wilden we alleen nog maar naar huis en iets drinken, we begonnen tegen elkaar te snauwen. Toen stond Riborg met haar fiets vlak voor het viaduct, ze had een hoofdkussen in haar fietsmandje.

'Nee maar, daar heb je Riborg, hoi,' riep Dorte toen we voorbij zoefden, maar Riborg hield ons tegen.

'Hoi Dorte, waar gaan jullie naartoe?' vroeg ze.

We stapten van onze fietsen en liepen terug naar Riborg, ze vroeg naar de aardbeien. Wij vroegen naar het hoofdkussen, dat was gewoon een kussen dat ze voor iemand bij zich had.

'Ik ben Jørgen toch kwijtgeraakt,' zei ze, en dat wist Dorte eigenlijk ook wel, misschien was dat de reden dat we in eerste instantie langs waren gevlogen. Niet omdat Dorte niet over de dood kon praten. Maar we moesten eerst een lang ziekbed doorstaan en een aantal mislukte behandelingen, daarna acute nierontsteking, schuimende urine, verandering van medicatie en nieuwe hoop, de terugval, overal vochtophoping en krachten die afnamen, en uiteindelijk dan het overlijden dat zo onverwacht was als de dood is, ook wanneer die wordt verwacht, op dinsdagmiddag om vijf uur 's middags op de keukenvloer. Vlak voor etenstijd. Ik keek naar Dorte, het zweet parelde op haar bovenlip, ze was krijtwit. Ze hield zich vast aan haar fiets, toen kwam het verhaal nog een keer, beginnend bij Jørgens fysieke conditie voor de eerste en de tweede opname. Dorte depte haar bovenlip met de rug van haar hand, ze stond te wankelen. Ik stak mijn hand uit, pakte een grote aardbei uit Dortes fietsmandje en gaf die aan Riborg. Riborg at hem op. Het was een goede aardbei. Ik gaf haar er nog eentje, toen hield haar verhaal stilletjes aan op. Even later konden we verder rijden. Dorte bedankte mij nog altijd voor die aardbeimanoeuvre. Beste Riborg, had ze bijna gezegd, de dood is iets vreselijks, maar je moet jezelf nu echt een beetje herpakken.

Ze zat met haar voeten in afzonderlijke plastic zakken onder tafel, ik had ze met een dikke laag crème ingesmeerd. Ze had gekreund terwijl ik het deed, ze was helemaal stijf in haar benen van de lange dagen in de zaak. Na de glühwein deed ik haar nagels, ze koos een babyroze nagellak, die bij haar pantoffels zou passen.

'Waar dat dan ook goed voor is. Hardy kijkt toch niet meer naar mijn tenen,' zei ze.

'Wat gaat hij nu doen?'

'Tot dusver weet hij niet dat hij iets moet gaan doen, ben ik bang.'

'Is dat zo?'

'Wat?'

'Dat je daar bang voor bent?'

'Nee. Daar heb je gelijk in, dat ben ik eigenlijk niet. Dat is het helemaal niet. Het is veel meer ikzelf, ik ben nu ook al vijfenveertig.'

'Ik sta er nooit bij stil dat je zo oud bent.'

'Dat doe ik ook bijna niet. Nee, Hardy redt zich wel, hij heeft ook Basse nog.'

'Wil je een kerstkransje?'

'Ja, dank je,' zei ze en beet er een heel klein stukje af, ze kon het bijna niet door haar keel krijgen.

Haar voeten glibberden in haar schoenen van al die crème, we lachten erom en ze rookte nog een afscheidssigaret extra op de stoep. De hemel was inktzwart, het was rond het vriespunt. In de kier tussen de woonblokken zag je nog net de kerstversiering in de hoofdstraat. De straatverlichting viel erop, ze schommelde zachtjes heen en weer.

'Er is een jongen die op het station werkt. Bij de kaartverkoop,' zei ik.

'Daar?'

'Ja. Maar hij woont met iemand samen.'

'Dat is voor niemand ooit een hindernis geweest om elkaar leuk te vinden.'

'Nee. Maar ik geloof toch niet dat ik hem zó leuk vind.'

'Goh. Ja, dan gaat het niet. Weet je het zeker?'

'Dat denk ik wel.'

'Als je twijfelt, moet je er niet voor gaan. Je moet het in je vingertoppen kunnen voelen.'

'Toch niet per se de hele tijd.'

'Jawel. De hele tijd.'

'Wie zegt dat?'

'Dat zeg ik. Dus dan kun je er wel van op aan, of niet, haha. Pas goed op jezelf, lieve schat van me,' zei ze en ze schoot haar sigarettenpeuk op het gazon, we omhelsden elkaar.

'Bedankt dat je mijn voeten hebt gedaan. Wat is die snoezig,' zei ze terwijl ze naar de picknickmand wees.

'Die is van een paar mensen uit Kopenhagen die hem hebben vergeten.'

'Wat fijn dat je daar vrienden hebt gekregen,' zei ze en ze glimlachte. Ze trapte op de sigarettenpeuk toen ze over het gazon liep en raapte die op, ze zwaaide naar me voordat ze in haar bestelwagen stapte.

32

De zomervakantie was afgelopen, Lars ging weer naar de lerarenopleiding. Maar hij kon 's ochtends niet uit bed komen, hij bleef de wekker maar vooruit zetten. Andere keren legde hij hem weg en trok het dekbed over zijn hoofd, ik kroop aan het voeteneinde het bed uit en zette de balkondeur open. Ik deed een oud slaapshirt aan en liep naar de keuken, ik maakte een omelet van een paar eieren en een in plakjes gesneden tomaat. Ik bracht het samen met de koffie naar de kamer en zette het op tafel, ik zat te wachten tot hij wakker zou worden. Het kwam voor dat ik de wekker pakte en die opnieuw liet afgaan, ik hield het ding dan bij zijn hoofd. Dat maakte hem heel chagrijnig, hij duwde mijn arm weg en ging op de rand van het bed zitten.

Op zondagochtend had ik bij het ontbijt tegen hem gezegd dat ik een brief aan Per wilde schrijven om hem te vertellen hoe het zat. Hij bleef maar met zijn hoofd schudden.

'Daar ga ik niet mee akkoord,' zei hij.

'Waarom niet? Zo erg is dat toch niet,' zei ik, en ik aaide zijn hals onder zijn oor, de huid was juist daar erg zacht, ik dacht aan het woord kaaklijn. Hij rook altijd lekker als hij had geslapen.

'Jawel, dat is heel erg, ik word al ziek bij de gedachte,' zei hij en hij sloeg met zijn hand op tafel, zijn stem klonk heel erg onrustig, tranen kondigden zich aan. Maar ik was degene die begon te huilen, ik schrok van de hand die vlak naast mij het tafelblad raakte.

'Sorry, liefje,' zei hij. We leunden met onze hoofden tegen elkaar. We hadden het over wat we konden doen. Er moest iets zijn wat we konden doen. Ik zei dat we een keer samen uit moesten gaan, of in ieder geval een kleine wandeling op straat moesten maken.

'Je hebt gelijk,' zei hij, en wat later trokken we onze kleren aan, het ging langzaam, het weer was onstabiel, hij kon maar niet kiezen tussen een korte of een lange broek. Ik maakte me op bij de balkondeur, deed roze lippenstift op en wat mascara.

'Moet ik geld meenemen?' vroeg hij.

'Neuh, waarom?' antwoordde ik eerst, maar vlak daarna zei ik: 'Jawel, misschien. Misschien krijgen we wel zin in iets.'

'Nee, dat denk ik eigenlijk niet,' zei hij.

'Nou, neem dan maar geen geld mee,' zei ik.

We liepen de trap af naar het binnenplein. De twee meisjes speelden die dag met een waterkan, ik glimlachte naar hen.

'Wat kunnen jullie goed water geven,' zei ik. Ze keken op en lachten naar ons, de een tilde de kan voor zich omhoog.

Op straat stonden we even stil zonder te beslissen, toen liepen we naar links in de richting van het plein. Er waren niet zoveel mensen op straat. Er kwam een jongen in zijn eentje bij de bakker vandaan met twee grote zakken en stapte de hoek om. We spraken niet met elkaar, we liepen alleen maar. Vlak na het station pakte ik zijn hand, ik begon er zelfs mee te zwaaien, hij hield de beweging tegen. De wind was fris maar de zon scheen nu, ik trok hem mee naar een bankje. De zon viel op ons gezicht, ik deed mijn ogen dicht. Ik hoorde zijn ademhaling. We gingen weer staan en liepen achter het plein langs door het steegje, voor een scheefstaand huis stond een gezette vrouw met pantoffels aan, het was mijn redster, nu zonder brommer. Ze glimlachte naar ons.

'Hallo,' zei ze.

'Hoi,' zei ik.

'Hebben jullie het warm genoeg?'

'Het gaat. De wind is een beetje koud,' zei ik.

Ze knikte. 'Ja, nu voelen we pas goed dat het herfst is,' zei ze, en toen waren we haar gepasseerd, ik stak achter mijn rug mijn hand op om te groeten en kneep Lars even met mijn andere hand, hij had niets gezegd, hij zei niets voor we weer thuis waren, met rode wangen en frisse lucht in ons haar, we trokken onze truien uit.

'Wie was die vrouw?' zei hij.

'Ze rijdt op een brommer,' zei ik.

'O,' zei hij en hij glimlachte.

'Nou hebben we samen een wandeling gemaakt. Dat ging toch best goed,' zei ik en ik glimlachte terug.

Maar 's avonds had hij geen trek. Hij zat met lange tanden zijn aardappelsalade te eten, hij had maar een half worstje gegeten. Hij moest nog heel wat studeren voor volgende week, hij was eigenlijk nog niet echt begonnen. Hij zei dat hij zich slecht kon concentreren op zijn kamer als ik er ook was, dat begreep ik best. Ik ging met mijn kruiswoordpuzzel aan de wiebelende tafel in de gemeenschappelijke keuken zitten, het rook er een beetje bedorven, naar oud vlees of beleg, maar ik kon nergens iets vinden. Er lag een halve zak meel met wat beestjes erin op een plank, maar die stonk niet. Ik gooide de zak weg en veegde de plank schoon. Ik zette het schuine raam open, ik maakte een kop avondkoffie. Toen ik die had opgedronken liep ik de kamer in, hij lag met zijn ogen dicht op bed. Ik ging zitten. Het dekbed was warm. Ik begon hem te strelen, eerst reageerde hij niet eens, daarna sloeg hij zijn ogen op.

'Ik kan je dit niet aandoen,' zei hij.

'Hoe bedoel je?' vroeg ik.

'Dit hier. Dit is toch geen leven. Jij bent alleen maar hier, en verder zit je in de keuken.'

'Ik ga ook de stad in. Vandaag hebben we nog die wandeling gemaakt.'

'Ja, dat is waar.'

'En eergisteren was ik nog bijna in Fakse.'

'Hou eens op zeg.'

'Nee, echt waar. Ik bepaal toch zeker zelf of dit een leven is.'

'Maar het is ook mijn leven.'

'Ja, maar dan heeft het er ook niets mee te maken of jij me dit kunt aandoen. Dan ben jij het dus zelf. Dan ben jij degene die niet wil.'

'Zo gemakkelijk is het allemaal niet, toch?' zei hij zonder dat ik antwoord hoefde te geven, ik draaide me half

om en keek naar de avondlucht alsof daarbuiten iets be-
langrijks was.

'Kom hier,' zei hij en hij trok me boven op zich, hij rasp-
te met zijn baardstoppels over mijn gezicht, ik zoog me
vast aan zijn onderlip en liet die weer los.

'En dan moeten we volgend weekend ook nog op
kamp, dus dan ben je weer helemaal alleen,' zei hij.

'Wat voor kamp is dat?'

'Een of ander kamp. Ik weet niet wat het is.'

'Ja, maar met de hele klas dus?'

'Ja, ja,' zei hij.

Het werd een vreemde week. De dagen vloeiden voor mij
in elkaar over. Ik stond onder de douche en dacht aan
krijgen en aan kwijtraken. Er was iemand in huis die
voortdurend mijn shampoo gebruikte. Het was de dure
van de kapper, ik verstopte hem nog wel helemaal achter
in de vurenhouten kast. Ik had een nieuwe gevoerde ny-
lon herfstjas gekocht, Lars had er een compliment over
gemaakt, ik liep ermee over straat. Bij het benzinestation
verkochten ze nu flapjacks, hoe dat dan ook was gekomen, ik kocht er iedere dag eentje en at die als lunch. Ik
liep langs de lerarenopleiding. Ik liep niet helemaal tot
aan het gebouw, ik stond gewoon aan het eind van de weg
te kijken. De gazons en de bankjes waren leeg. Ik stelde
me voor wat er achter die dikke, witte muren allemaal gebeurde. Een conciërge schilderde een houten paneel op
twee bokken ergens achter een bijgebouw, hij zwaaide
naar me met zijn verfkwast.

Ze zouden vrijdag direct na school vertrekken. Lars

nam 's ochtends zijn slaapzak mee, hij maakte die met een stuk elastiek vast op zijn bagagedrager. Ik stak mijn hoofd uit het schuine raam en zwaaide naar hem. 's Middags maakte ik een wandeling, ik liep in de richting van de lerarenopleiding, ik zag hem in een kleine groep op de parkeerplaats staan. Ze waren niet met heel veel mensen. Er was een meisje bij met bruin haar dat haar blouse over haar broek heen droeg. Ze stond met iets in haar hand en tilde het omhoog, ze lachten allemaal, een van de anderen deed alsof hij het wilde pakken. Ze kroop op de chauffeursstoel van een witte auto, dus waarschijnlijk was het de autosleutel geweest. De motor startte, gelach en gerinkel klonken, Lars ging naast haar in de auto zitten. Ik draaide me om en liep langs een achtertuin naar een pad tussen twee huizen in, een vrouw liet haar hond uit, hij bleef voor me staan, ik haalde hem aan.

Toen ik thuiskwam haalde ik mijn koffer uit de berging en pakte mijn spullen en mijn kleren. Ik nam een stukje papier uit een map om een brief te schrijven, maar ik wist niet wat ik moest zeggen. Ik keek om me heen. Ik had de tinnen beker vergeten, die stond op tafel met een paar takken erin. Ik liep ermee naar de keuken, gooide de takken eruit en droogde de beker af, ik liep terug en legde hem in de koffer, en toen begon ik te huilen. Ik huilde zo lang dat mijn lichaam uiteindelijk heel slap aanvoelde. Ik ging op bed liggen en viel in slaap. Toen ik wakker werd, was het aan het begin van de avond. Ik stond op en friste me op met wat koud water, de jongen uit Egøje draaide Dire Straits. Niet zo lang daarna pakte ik alles weer uit en legde ik alles weer op zijn plek. In de

schemering haalde ik twee nieuwe takken van het binnenplein.

Een week later was hij degene die mij een brief had geschreven. Die zat in mijn kruiswoordpuzzelboekje toen
ik op vrijdagmiddag terugkwam van een afspraak bij de
zonnebank. Hij schreef dat het hem heel erg speet, maar
dat hij weer bij zijn ouders was gaan wonen tot ik iets anders had gevonden. Het ging echt helemaal niet goed met
hem, er was nu ook een dokter die het had vastgesteld.
Hij wist niet wat hij verder nog moest schrijven, ik moest
goed op mezelf passen. Ik deed de kast open, er ontbrak
inderdaad een deel van zijn kleren. Het voelde als een op-
luchting. Ik begreep het niet. Het deed ook ontzettend
pijn. Ik bleef maar naar de halflege planken staan kijken.

33

In de gemeenschappelijke keuken vond ik citroensap in een flesje. Ik mengde het met wat suiker en Bacardi, het smaakte best redelijk. Ik schreef met een dikke zwarte stift op de achterkant van het briefje van Lars al mijn mogelijkheden op. De wereld opende zich voor mij terwijl ik zat te schrijven. Toen begon ik toch te janken, ik liet mijn hele gezicht hangen, mijn onderlip stak vooruit als die van een kind. Ik sloeg met mijn handen op het bed, maar dat leverde niet echt iets op, het was een schuimrubbermatras. Ik zette muziek op en zong mee, ik zong steeds harder en begon van de hoekkast naar de deur te bewegen en weer terug. Het was alsof dat bewegen op zich me dronken maakte. Toen werd er aangeklopt, het was de rij-instructeur die wilde weten of alles in orde was. Ik zei dat we zo de stad in gingen, we zouden wel zachtjes doen. Dat was prima, zei hij.

Ik maakte me op en trok mijn gele jurk aan, die was iets te zomers, dus ik deed er een zwarte cardigan over aan. Zwarte panty's en de schoenen met hakken en riempjes, een tasje met parels en ten slotte mijn nylonjas. Ik voelde me idioot toen ik met een whisky in het café stond. Vooral vanwege die pareltas, maar ik kon ook niet tegen whisky. Ik sloeg hem in één keer achterover en bestelde er nog eentje, een jongen in een houthakkersbloes knikte me over de bar heen goedkeurend toe. Ik keek weg. Ik probeerde te doen alsof ik een plan had. Twee jongens naast me zaten te lachen, ik vroeg waarom ze lachten, ze zeiden dat ik op een hommel leek. Er was iemand die wilde dansen, maar dat wilde ik niet. Na de vierde whisky raapte ik al mijn moed bijeen en liep bij de bar vandaan de straat op, ik viel over een kinderkopje, mijn ene hand brandde en mijn knie ook, ik kwam weer overeind en liep door. Een jongeman riep vanuit een geparkeerde auto naar me, hij stapte uit en liep me tegemoet met een hotdog in de hand, hij was in pak.

'Heb je je pijn gedaan?' vroeg hij.

'Nee, nee.'

'Is er iets?'

'Nee,' zei ik en ik begon te huilen, ik knikte naar hem en zwaaide verontschuldigend met mijn hand. 'Ik heb gewoon een rotdag, sorry. Dank je.'

'Kan ik je ergens naartoe brengen?'

'Nee, maar toch bedankt.'

'Misschien moet je even een poosje gaan zitten. Daar,' zei hij en hij wees naar een bank onder de straatlantaarn, hij sloeg zijn arm om mijn schouder en bracht me erheen, het was een heel zorgzame arm. Het pak stond hem echt goed, het maakte hem ouder dan hij waarschijnlijk was.

'Dat is een mooi pak,' zei ik.

'Dank je.'

'Ben je naar een vergadering geweest?'

'Nee, ik was naar een feest. Niet zo heel lang, het was een ellendig feest.'

We lachten, ik snotterde, hij at het laatste stuk van zijn

hotdog in een paar happen op en gaf mij het servet.

'Hier,' zei hij.

'Dank je,' zei ik en ik snoot mijn neus, depte onder mijn ogen.

'Nee, het was een prima feest,' zei hij. 'Ik was gewoon moe en toen ben ik weggegaan. Nu ga ik naar huis om te slapen.'

'Woon jij hier in Haslev?'

'Nee, er net buiten. Jij?'

'Ja. Dat wil zeggen, ik ga verhuizen.'

'Aha.'

'Ik ga waarschijnlijk iets proberen te vinden in Næstved.'

'Dat is ook een prima plek.'

'Er is in ieder geval van alles te doen.'

'Ja. Heb jij zin in een chocomel? Ik haal hem even,' zei hij en hij liep naar zijn auto, kwam terug met het flesje en gaf dat aan mij, er was nog helemaal niet van gedronken. Ik nam een slok.

'Dat is lekker zeg,' zei ik. 'Ik heb een beetje te veel whisky gedronken.'

'Ik weet hoe dat is.'

'Ik heb ooit een keer te veel apfelkorn gedronken,' zei ik en daarna lachten we weer, hij had mooie gelaatstrekken, de deur van het café ging open, er klonk harde muziek, een groepje liep de straat op en begon te fluiten, misschien wel naar ons. Daarna verdwenen ze om een hoek, de deur van het café werd weer gesloten.

'Het was aardig van je om naar me toe te komen,' zei ik.

'Dat spreekt toch vanzelf. Ik wil je ook nog steeds graag naar huis brengen.'

'Dat hoeft niet. Ik woon hier vlakbij.'

'Misschien moet ik dan even met je meelopen?'

'Dat zou heel fijn zijn,' zei ik en ik kwam overeind, het duizelde me, hij ging ook staan en stak zijn zorgzame arm onder de mijne. We liepen over de kasseien, hij met het flesje chocomel, ik met mijn pareltas. Een slingerende fiets reed in het steegje langs ons. Hij pakte mijn hand vast en hielp me van het hoge trottoir, we staken de weg over, elkaar nog steeds bij de hand houdend.

'Is het die kant uit?' vroeg hij.

Ik knikte en antwoordde: 'Jij bent echt heel lief.'

'Dank je. Hoe heet je?'

'Ik heet Dorte.'

'Ik heet Leon.'

'Echt waar?'

'Ja,' zei hij. Nu waren we bij de kiosk, er lag een stapel samengebonden kranten op de stoep, we bleven staan en keken ernaar, ze waren van de dag ervoor.

'Er zijn niet zo heel veel mensen die zo heten,' zei ik.

'Nee, ik ken er geen,' zei hij en toen glimlachte hij naar mij, we keken elkaar lang aan.

'Nou, maar hier woon ik dus,' zei ik.

Er was een klein steegje naast de kiosk. Het zag er niet uit als een plek waar je kon wonen.

'Woon je daar?'

'Ja. Bedankt voor je hulp.'

'Graag gedaan hoor,' zei hij en hij deed een stap naar voren en zoende me op mijn wang, 'pas goed op jezelf.'

Hij bleef staan terwijl ik het steegje in liep. Achter de kiosk was een overvolle binnenplaats, ik ging tussen twee containers staan wachten. Ik stond te rillen in mijn gele jurk, in de ene container hoorde ik gerommel. Na een tijdje liep ik terug om te kijken. Hij was weg, ik stak de straat over en liep snel naar huis.

34

Ik woonde op kamers in Haslev. Ik had een scheepsbed, een hoekkast en een bureau met een tinnen beker. Iedere ochtend liep ik naar de bakker voor een croissant en een bolletje met maanzaad. Ik at bij het bureau, het kruimelde nogal. Ik veegde de kruimels in mijn hand en gooide ze via het Franse balkon naar buiten. Ik kookte niet zo vaak, ik vond het niet meer zo prettig om in de keuken te zijn. De rij-instructeur had nu een vriendin, ze was knap en dun. Ze maakte zich op met de deur wagenwijd open, ze pakte heel veel sporttassen in. Ze haalde haar spullen iedere keer uit de badkamer. Ze had een gezichtsmasker met tarwekiemen erin, ik probeerde die, ik kreeg er een heel vettig gezicht van. Ik lag op bed en las *America*. Ik schreef een verhaal over een overleden vrouw, ik nam de bus naar Stevns. Ik kocht een pakje sigaretten en rookte het op, ik vond het vies smaken.

De jongen uit Egøje vroeg naar Lars, hij wilde zijn soldeerbout lenen. Ik zei dat Lars op schoolkamp was maar dat ik de soldeerbout zou zoeken. Ik vond 'm in de berging, maar het bleek een dompelaar. Hij zei dat het niet uitmaakte, hij kon ook gewoon een aansteker gebruiken. Hij vroeg of ik een zak muesli gratis wilde hebben. Hij had die gekocht, maar er zaten te veel zemelen in, waardoor het nogal melig smaakte. Hij droeg een blauw onderhemd, hij vroeg of ik een biertje wilde drinken. We zaten met onze voeten op de salontafel. Die was oranje geschilderd, hij had 'm ooit bij handenarbeid gemaakt. Hij had ook een hologram boven de tv, hij had er een heel maandloon aan uitgegeven. Het stelde een schedel voor. We keken naar een misdaadserie, na afloop lagen we op de vloerbedekking. Hij had een bepaalde manier om mijn buik aan te raken. Het ging allemaal heel behoedzaam, ik keek iedere avond televisie bij hem. Na een aantal weken vroeg hij naar Lars, ik zei dat Lars op dat schoolkamp was. Dat schoolkamp duurt ook lang, zei hij. Zijn vriendin was au pair in Parijs, hij wist ook niet goed wat hij daarvan moest vinden. Hij had eraan zitten denken er een keer heen te gaan, hij wilde eens kijken. Hij knipte zelf zijn pony, die was bijna recht. Toen ik jarig was gaf hij me een armband. Hij was van een echte goudsmid en zat in een doosje. Daarna moesten er nog een paar weken verstrijken, en toen duurde het niet meer zo lang tot zijn verjaardag, hij hield zich erg met verjaardagen bezig. Ik gaf hem een ankerketting van echt zilver en we gingen uit eten in een restaurant, hij nam een wienerschnitzel, ik had iets met champignonsaus, op de terugweg dronken we bier in een kroegje, we speelden mexicaantje. Als hij lachte kwam er geen enkel geluid uit zijn mond. De sigarettenrook dwarrelde tussen zijn tanden door.

Aan het eind van het jaar ontving ik een brief van Lars. Hij had zijn kamer opgezegd, dus ik moest wel verhuizen. Hij klonk heel slecht. Ik probeer rust en ontspanning te vinden, schreef hij, zijn handschrift helde ongelooflijk naar links, dat deed het normaal gesproken niet, maar hij had wel het gebruikelijke gezichtje onder zijn naam getekend, alleen niet lachend. Niet zo lang daarna zag ik hem vanaf de achterste bank van een bus, hij liep in snel tempo over het trottoir, hand in hand met het meisje met het bruine haar en een klein wit hondje. Ik draaide me naar hen om, de hond ging onder de straatlantaarn zitten. Ze trokken aan de lijn, ze zagen er gelukkig uit. Het was een gewijzigde busroute, het was ergens tussen Næstved en Ringsted, ik was bij Dorte ingetrokken. De rest van de rit kon ik bijna niet ademen. Toen we eindelijk in Ringsted waren, stapte ik twee haltes te vroeg uit, ik liep het hele stuk naar huis. Dorte zat in de woonkamer tv te kijken, ik ging naar de wc en huilde lange tijd met mijn gezicht in een badhanddoek, toen voelde ik me een stuk beter. Er volgde een rustige periode van meer dan acht maanden. We bakten taarten, zaten te kaarten, maakten met haaknaalden lichte strepen op elkaars huid. Ik schreef feestliederen die voor niemand bestemd waren, en ik schreef me in voor mijn studie. De bedoeling was om iedere dag vanuit Ringsted met de trein te gaan, maar toen kwam Hardy en verhuisde ik naar de bungalow.

35

In februari kwam ik Hase tegen in de Scala. Hij zat een spiegelei met gebakken aardappelen te eten. Ik herkende hem van achteren, hij pakte de ketchupfles en schudde die goed. Ik stond naar hem te kijken en was eigenlijk van plan door te lopen, maar toen draaide hij zich om en zag me staan. Hij ging staan en we omhelsden elkaar voorzichtig. Ik had twee haarspelden gekocht, die zaten in een veel te grote plastic tas, hij wees ernaar.

'Ben je aan het winkelen?' vroeg hij.

'Ja, min of meer.'

'Ik zit net te ontbijten.'

'Dat ziet er goed uit.'

'Wil je ook wat? Je kunt hier ook toast krijgen.'

'Nee, ik heb net gegeten.'

'Je kunt ook koffie nemen. Hun koffie is heel goed. Ga zitten,' zei hij en hij maakte een armgebaar naar de tafel, ik legde mijn tas op de stoel en ging zitten.

'Wil je cappuccino? Of *au lait*?'

'*Olé*,' zei ik.

Hij knikte wat scheef en zei: 'Die haal ik voor je.'

Er lag nog steeds veel eten op zijn bord, dat lag nu koud te worden terwijl hij in de rij stond bij de counter. Hij was langer dan ik me herinnerde, maar hij had nog steeds een wat kromme rug. Er was blijkbaar iets aan de hand met het koffieapparaat, het meisje moest er hulp bij halen, in de rij bewogen de mensen voetje voor voetje. Hij was een paperback aan het lezen, *Madame Bovary*, het boek lag met de achterkant naar boven, er stak een geel papiertje uit. Zijn jas hing over de rugleuning. Hij keek naar me vanuit de rij en lachte, zijn haar was langer geworden. Uiteindelijk lukte het met de koffie, hij kwam er op een klein dienblad mee aanlopen.

'Dat was heel lief van je. Nu is je eten koud geworden,' zei ik.

'Nee nee, dat geeft niks. Wat doe jij verder?'

'Niet zo veel.'

'Zie jij nog wel eens iemand van "De oudjes"?' vroeg hij, en toen lachten we, ik nam een te grote slok koffie en zoog lucht mee naar binnen, ik hoestte en moest nog een slok nemen.

'Niet echt, jij?' zei ik.

Hij schudde zijn hoofd en antwoordde: 'Nee, ik ben toch gestopt.'

'Echt waar?'

'Ja, jij ook?'

'Ja, min of meer. Of eigenlijk ben ik niet echt begonnen,' zei ik en ook daar lachten we lang om, hij sneed zijn spiegelei doormidden, het eigeel stroomde naar buiten. Mijn keel voelde eigenaardig aan na die slok koffie, ik had mijn stem niet goed onder controle.

'De naam van de leesgroep was wel een beetje idioot,' zei ik.

'Ja, jij bent niet zo oud, toch?'

'Eenentwintig.'

'Maar ik ben vijfentwintig, dus bij mij paste het wel.

Ik was gisteren trouwens jarig.'

'O ja? Gefeliciteerd.'

'Daarom zit ik hier nu ook te ontbijten, het is een beetje laat geworden.'

'Ben je uit geweest?'

'Nee, ik was alleen uit eten met een oude trompet-vriend, en daarna zijn we nog naar de kroeg geweest.'

'Speel jij trompet?'

'Nee, hou op zeg,' zei hij en toen lachten we weer, hij legde zijn bestek neer en schoof het bord van zich af.

'Maar jij bent toch koorzanger,' zei ik.

'Niet meer, niet sinds ik uit Greve ben verhuisd. Ik heb deze herfst mijn broers flat aan de Enghavevej overgeno-men,' zei hij en ik knikte, ik bleef maar zitten knikken.

'In Vesterbro dus,' zei hij.

'Ja ja,' zei ik.

Hij was gaan roken, het zag er een beetje vreemd uit. Hij blies de rook met heel effectieve ademstoten schuin naar beneden uit. Hij vertelde over zijn appartement, het lag boven een fietsenzaak, dat was echt heel handig, want hij had steeds een lekke band. Ik kon me hem maar moeilijk voorstellen op de fiets. Het overnemen van zijn broers aandeel in de coöperatieve woongemeenschap had elf-duizend kroon gekost, hij had er even over na moeten denken, hij had namelijk een reis naar Ecuador gepland, hij had geen geld voor beide. Ik kon me hem ook maar moeilijk voorstellen in Ecuador, hij leunde in zijn sweater over de tafel heen en glimlachte naar me.

'Zullen we een biertje drinken?' vroeg hij.

'Is het al zo laat?'

'Wij zijn toch vrije vogels,' zei hij en hij liep weg om twee grote glazen bier te halen, hij nam zijn gebruikte bord en het bestek mee, het zag er heel geroutineerd uit. Ik vroeg me af waarom ik hem daar dan nooit eerder was tegengekomen. Maar misschien nam hij zijn bord overal wel op die manier mee. Het was echt een groot glas bier, ik wist niet hoe ik het op moest krijgen en waar we het in de tussentijd over moesten hebben, maar halverwege ging het al beter. Hij vertelde over zijn broer en hun jeugd in Karlslunde, hij vroeg ook naar mijn schooltijd. Zijn vader was zijn klassenleraar geweest, dat was niet altijd makkelijk geweest, maar na het zevende leerjaar was hij van school veranderd. Ze hadden een rector gehad die Gravballe heette, maar zij noemden hem Grafbil of Grafbal, ook de leraren, alsof Gravballe op zichzelf al niet grappig genoeg was, maar dat bedacht hij pas jaren later. Wat kon je toch onnozel zijn. Zijn broer was nu arts, hij was een modelstudent geweest, hij had zelfs het appartement nog opgeknapt terwijl hij met zijn laatste tentamens bezig was. Hij was het type dat alles schuurde en in de grondverf zette, heel provocerend. Maar nu profiteerde Hase daar natuurlijk van.

'Je moet een keer bij me langskomen,' zei hij.

'Ja,' antwoordde ik.

'Dan maak ik een kalkoenstoofpot, ik weet een heel lekker kalkoenstoofpotje,' zei hij.

Ik ging naar het toilet. Ik had geen idee hoe laat het was. Bij de uitstekende bakker op het Centraal Station hadden ze krentenbollen, ik was van plan er eentje mee te nemen naar huis, dat moest ik niet vergeten. Ik gooide wat water in mijn gezicht en bedacht opeens dat ik make-upcrème ophad, ik depte mijn gezicht met een servet. Ik kon die krentenbol ook laten schieten. Maar ik wilde hoe dan ook de volgende trein nemen, als ik die kon halen, en anders de volgende. Toen ik terugkwam had Hase nog een biertje gehaald. Die kreeg ik in geen geval op, maar ik wist niet hoe ik dat moest zeggen. Het lukte om me op mijn stoel te manoeuvreren, *Madame Bovary* was verdwenen, ongetwijfeld in zijn rugzak, hij zat met zijn hoofd in zijn handen, zijn haar viel wat naar voren.

'Ik ben namelijk dichter geworden,' zei hij.

'Ben je dichter geworden?' vroeg ik.

'Ja, in november. De negentiende,' zei hij en hij grijnsde, het was geen brede grijns, hij krabde aan zijn hals. In de herfst was hij regelmatig naar een open poëziecafé gegaan, de eerste paar keer had hij gewoon zitten luisteren naar de anderen, maar in november had hij al zijn moed verzameld en zich aangemeld om voor te dragen. Zijn handen hadden zo gezweet dat het papier vochtig was geworden terwijl hij zat te wachten. Het gedicht heette 'Fuga voor vlees'. Al op weg naar het kleine podium was hij buiten adem, hij was aan de beurt na een man met een leren hoed. Er was iets eigenaardigs met die leren hoeden. Als er iets met kunst te doen was, was er altijd minstens één leren hoed. Niet dat hij zijn gedicht kunst wilde noemen. De organisator had de microfoon gepakt en hem aangekondigd.

'We gaan nu luisteren naar de dichter Hase,' had hij gezegd.

'De dichter Hase,' zei ik.

'Ja,' zei hij en toen lachten we, het was uitstekend gegaan met de voordracht, hij had een groot applaus gekregen.

'Dat gedicht wil ik ook graag eens lezen,' zei ik.

'Dat moet je niet doen. Het is niet goed.'

'Maar je hebt toch een groot applaus gekregen?'

'Jawel, maar dat krijgt iedereen daar,' zei hij en hij nam een slok bier, dat deed ik ook, de middag verstreek en 's avonds aten we soulfood op de tweede verdieping, gumbo en pecan pie, na afloop gingen we naar de Ierse pub. We maakten al ons geld op, en ergens onderweg vergat ik mijn tas met haarspelden, maar dat was niet zo erg. Ik kon een volgende keer een paar nieuwe kopen. Ze waren niet heel duur geweest.

36

Het 's avonds in slaap vallen ging een stukje beter. Ik had een methode gevonden, ik zat een uur lang achter elkaar te gapen voor ik ging liggen. Ik luchtte de slaapkamer goed door, en als ik in bed lag zette ik eventuele gedachten van me af met de zin: alles in orde. Maar helaas werd ik iedere nacht vaak wakker. Als ik mezelf erop betrapte dat ik lag te denken dat ik wakker was, kon ik net zo goed opstaan. Ik stapte dan uit bed, haalde een glas water of een plak brood, ik ging in de woonkamer zitten en keek naar het station. Af en toe brandde er licht in de woning, ik ging ervan uit dat het Knud was die niet kon slapen. Hij had zulke grote dilemma's wat betreft zijn toekomst. Hij wilde zijn vriendin in principe alles geven, ze was er altijd honderd procent voor hem geweest, ze had in feite zijn leven gered. Ze had hem naar huis meegenomen uit café Re-lax toen hij knetterstoned in een hoekje zat en zijn schoenen kwijt was. Het grootste probleem was haar kilheid, zei hij, ze had soms zo'n kilheid over zich. Zijn eigen lichaam brandde, dat was echt een van zijn goede eigenschappen. Hij kon mijn steenkoude sleebed zo op-warmen. Als ik alleen was en niet kon slapen, nam ik het dekbed mee naar de bijkeuken en gooide het over de ver-warmingsketel. Dan ging ik in de woonkamer dicht tegen de radiator aan zitten en zat ik in het donker naar buiten te staren. Op een nacht zag ik in het bosje in de voortuin iets bij de lantaarnpaal bewegen. Ik legde mijn plak brood weg, liep naar de voordeur en deed die open. Daarna liep ik op blote voeten het tuinpad af, ik wilde net iets liefs zeggen. Maar het was niet de witte badjas van Knud, het was een grasgroene, er kwam een rookwolkje uit tevoorschijn. Het was zijn vriendin met een sigaret, ze had me gehoord en draaide zich om.

'Hoi,' zei ik.

'Hoi,' zei ze, ze nam nog een trekje.

Ik wist niet welke smoes ik moest verzinnen wat ik daar kwam doen op het tuinpad, ik haalde een paar keer diep adem. Mijn adem was wit, de lucht was zo koud dat het haast pijn deed aan mijn neus. Ik maakte aanstalten om weer naar binnen te gaan toen ze tegen me begon te praten.

'Ik rook niet,' zei ze.

'Oké,' zei ik.

Er verstreek een poosje. Ik keek omhoog naar de lucht, er was niet echt iets te zien.

'Ik kan niet slapen,' zei ze vervolgens.

'Ik ook niet,' zei ik, maar dat hoorde ze waarschijnlijk niet, ze deed haar ogen dicht.

'Ik moet over vier uur op mijn werk zijn, we hebben functioneringsgesprekken, ik ben helemaal kapot,' zei ze.

Ze had een pyjamabroek aan onder de badjas, plus wollige laarzen met suède veters, precies dezelfde als die ik had gekocht in Strøget in Kopenhagen.

'Dat is niet zo fijn voor je,' zei ik wat onduidelijk, ik moest mijn tanden op elkaar houden om niet te klappertanden.

'Nou,' zei ze alsof ze wilde gaan, maar ze bleef staan, trok aan de sigaret en gooide die daarna weg.

'Ik heb dezelfde laarzen als jij,' zei ik.

We keken allebei naar de laarzen, ze gaf geen antwoord. Ze trok de badjas om zich heen. Nu begon ik pas goed te verkleumen, ik probeerde naar haar te glimlachen.

'Nou, ik moet de warmte maar weer eens in.'

'Neem me niet kwalijk als ik je aan het schrikken heb gemaakt,' zei ze.

'Nou, dat was niet zo hoor.'

'Dat was niet mijn bedoeling.'

'Het maakt echt niet uit.'

'Mooi.'

'Alles in orde,' zei ik en ik knikte naar haar, daarna draaide ik me om en keerde ik eindelijk terug naar de zogenaamde warmte in huis, ik haalde mijn dekbed van de verwarmingsketel en ging snel naar bed. Na een poosje kwam de trein uit Gedser langs met zijn speciale, pulserende gerammel. Toen was het half zes, ik stond op, roosterde brood en zette koffie. Ik keek in de richting van het appartement, om half zeven ging het licht aan, eerst in de woonkamer, vervolgens in de keuken, en daarna ging het raam in de badkamer open. Om kwart over zeven ging het licht weer uit, maar nu brandde het in het kantoor beneden. Zelf viel ik rond half negen weer in slaap en werd ver in de middag wakker, maar dat maakte niet uit. Ik had geen plannen gehad.

37

Hase had me een kaartje gestuurd en me uitgenodigd zondagavond kalkoen te komen eten, geen stoofpotje maar kalkoenbout. We zouden vroeg eten en daarna naar een voorleesavond gaan in het poëziecafé midden in het centrum. Als ik tegen zes uur kwam was dat prima. Hij had zijn adres aan de ene korte kant geschreven, aan de andere kant stond met kleine blokletters wij wachten op iemand. Er stond een foto van een uil op de voorkant, het deed heel exotisch aan. Ik liep naar de boekwinkel en naar de supermarkt om een kaart te kopen die ik met een antwoord erop kon terugsturen, maar er waren alleen kaarten te koop met grappen erop en voorgedrukte verjaardagskaarten. In plaats daarvan maakte ik er zelf eentje, ik gebruikte een stuk karton van de achterkant van een A4-blok en rafelde de randen, ik schreef met zwarte stift en begon de letters schaduwen te geven. Dat leek nergens naar. Uiteindelijk vond ik een oude kerstkaart achter in een map, er stond een musje op, dat paste heel goed bij die uil. Ik schreef met potlood, losjes en achteloos, en voegde er onderaan met een wat duidelijker handschrift aan toe: maar op wie dan. Daar had ik dezelfde avond al spijt van, toen ik niet kon slapen, en toen kon ik helemaal niet slapen. Het was vrijdag, er klonk muziek vanuit het café, happy jazz, stemmen die meebrulden met een steeds terugkerende zin, iets met *bittersweet*. Dat deed mij een beetje verlangen naar Knud, ik lag te draaien en te woelen, uiteindelijk stond ik op en liep de woonkamer in, maar het was helemaal donker in de woning. Ik at een paar plakken volkorenbrood en luisterde naar de nachtradio, ik zat bij de bureaulamp en probeerde een gedicht te schrijven, het moest 'Jaarlingen' heten. Buiten op straat werd er hevig gehoest, een uitgesproken losse hoest, het was een groepje dat uit het café kwam en de laatste trein moest halen. Iemand uit de groep zag me en zwaaide, het was een kleinere jongen met een volle baard, opeens zwaaide ik terug. Toen draaide de hele groep zich om en zwaaide, ze bleven maar zwaaien tot ze achter het stationsgebouw verdwenen. Ik voelde me vrolijk, ik zat te glimlachen. Toen ik weer in bed lag bleef ik het ge-zwaai voor me zien, ik dacht aan dat gebaar. Je hand op-steken kon ervoor zorgen dat iemand zich gewenst voel-de, bijna als iets bijzonders, ook al was dat niet zo. Op het moment dat je met je leren bontsloffen aan achter een raam van enkel glas aan een rammelende strofe zit te werken.

Het was echt een enorme kalkoenbout. Hij had hem nog niet in de oven gezet toen ik kwam, hij was halverwege de middag in slaap gevallen. Hij werd pas wakker toen ik even na zessen aanbelde, hij was helemaal versuft. Zijn haar stak alle kanten uit, hij had een rode vlek op zijn ene wang gekregen.

'Dat is ook stom,' zei hij.

We stonden bij het aanrecht. Het was een gezellige keu-ken, hij had groene planten op de vensterbank achter de gootsteen staan, slaapkamergeluk en bieslook, en er was een koekoeksklok die hij hoog boven de koelkast had gehangen.

'Dat geeft helemaal niets. Wat een grappige klok,' zei ik.

'Het is kitsch,' zei hij, en ik knikte.

'Oké.'

Daarna keek ik weer naar de kalkoenbout en vroeg: 'Kunnen we die er nu niet gewoon in zetten?'

'Jawel. Hij hoeft er waarschijnlijk niet langer dan een uur in.'

'Nou, dat komt dan mooi uit.'

'Ja. Dan nemen wij een rode wijn.'

We gingen in de woonkamer zitten, hij zat op de bank, ik kreeg de oude rieten stoel met de wollen deken. Hase had een kaars aangestoken op de vensterbank, hij flakkerde. Er klonken gedempte geluiden vanaf de straat, auto's en een enkele toeter, een stem die iets riep, een andere die antwoordde. Daarna een scherp, sissend geluid dat ook weer snel verdween.

'Dat is gewoon iemand die lucht neemt.'

'Hoezo lucht?'

'Nou, bij de fietsenzaak.'

'O. Is die nu niet gesloten?'

'Jawel. Maar buiten aan de voorkant.'

'Oké,' zei ik.

We dronken de rode wijn die ik had meegenomen. Het was een Franse wijn, hij heette iets met Michel en smaakte uitstekend. Ik bedacht dat ik het woord 'oké' niet meer zo vaak moest gebruiken, hij trok zijn benen onder zich op de bank, hij had een gat in zijn ene sok.

'Schrijf jij wel eens wat?' zei hij.

'Neuh. Jij?'

'Ja. Maar niks wat echt iets is. Ik ga te laat naar bed, ik zit er de hele nacht mee te knoeien.'

'Dat ken ik.'

'Jij ook dan?'

'Nee nee, dat niet slapen.'

'Oké.'

De rode vlek op zijn wang was nu verdwenen, ik had zelf juist het gevoel dat ik een enorme kleur had. Ik had mijn glas bijna leeg, ik leunde naar voren en vulde het bij. Ik vulde ook het zijne, we dronken nog wat.

'Heb je het koud?' vroeg hij.

'Neuh. Een beetje.'

'Je kunt de deken om je heen doen.'

'Het geeft niet. Je hebt mooie vloeren.'

'Die heeft mijn broer gemaakt. Dat wil zeggen, hij heeft ze zelf geschuurd.'

'Oké. Dat heeft hij goed gedaan,' zei ik.

Hij haalde een zak wokkels uit de keuken, we hadden allebei een enorme honger en het eten liet nog op zich wachten. Het begon al lekker te ruiken uit de oven, maar de kalkoenbout was nog steeds rauw vanbinnen, hij had er net naar gekeken. We stortten ons op de wokkels en namen nog een glas wijn. Ik had het gevoel dat het laat was geworden, maar het leek niet of we haast hadden.

'Ga jij vanavond dan voorlezen?' vroeg ik.

'Nee. Ik heb niets om voor te lezen. Jij?'

'Nee zeg.'

'Dat zou toch best kunnen?'

'Nee hoor. Maar ik verheug me erop om andere mensen te horen. Ik heb nog nooit eerder iemand horen voorlezen.'

'Nog nooit?'

'Nee. Ja toch, Ib Michael.'

'Oké.'

'Tijdens een gezamenlijke les. Op de middelbare school dus.'

'Aha.'

'Heb jij wel in de gaten dat wij allebei vaak "oké" zeggen?' vroeg ik.

Hij keek me aan en glimlachte.

'Ja, dat is me inderdaad wel opgevallen,' zei hij, en toen lachten we allebei, we bleven maar lachen en we maakten de rest van de fles wijn op. Het rook nu echt heerlijk naar gebraden kalkoen. Hij dacht opeens aan het bijgerecht, we zouden rijstsalade eten maar de rijst was nog niet eens gekookt, hij stoof naar de keuken op zijn sok met gat, ik liep hem achterna, maar toen had hij alleen maar bruine rijst die veertig minuten moest koken.

'Weet jij hoe laat het is?' vroeg hij, en ik schudde mijn hoofd, ik keek naar de koekoeksklok, maar die liep immers niet. Het was kwart voor acht, riep hij vanuit de slaapkamer, we moesten meteen weg. Ik zette de oven uit en nam de kalkoenbout eruit, zette die op een kookplaat, het vet spoot eruit. We trokken onze jassen aan op de trap terwijl we naar beneden liepen, zijn sleutelbos rammelde, buiten op het trottoir pakte hij mijn hand en begon naar links te rennen in een zigzagbeweging om een paar mensen met koffers heen en daarna schuin de straat over. Toen bleef hij staan. Hij wist niet welke bus we moesten nemen. Hij fietste zelf altijd, hij kende de buslijnen niet. De lucht was koud en vochtig, misschien zou het gaan regenen.

'We nemen een taxi,' zei hij en het lukte hem meteen er een te laten stoppen, hij stak alleen zijn hand maar op. Toen we op de achterbank zaten waren we helemaal buiten adem, we begonnen weer te lachen. Ik rook de gebraden kalkoen in onze jassen, ik zei het tegen hem, hij snoof aan zijn schouder.

Behalve wij waren er slechts vijf anderen in het café, waaronder de leren hoed en de twee organisatoren. Ze stonden allebei met hun cola op het podium, ze leken op elkaar, beiden hadden kortgeknipt haar en droegen een trui. Hase ging een glas wijn voor ons halen, de leren hoed en een meisje aan de voorste tafel zaten over hun vellen papier gebogen, een stelletje kwam in allerijl binnen in zwarte jassen en ieder met zijn eigen plastic tas, ze gingen snel zitten. Toen werd het licht gedempt, een schijnwerper verlichtte het podium. Hase keerde terug met twee glazen rode wijn terwijl de ene organisator bij de microfoon ging staan en de voordragers en de rest van het publiek welkom heette. Het meisje aan de voorste tafel zou als eerste voorlezen. Ze ging staan en kwam het podium op, ze droeg een doodgewone spijkerbroek. Ze zette de microfoon goed. Hase fluisterde tegen mij dat er niet zo heel lang geleden een dichtbundel van haar was aangenomen. Ze had een paar zeer goedgevormde wenkbrauwen en zei dat ze een gedicht zou voorlezen voor een vriend uit Zweden. Ze haalde even rustig adem, daarna begon ze. Haar stem was donker en rustig. Ik kreeg bijna meteen tranen in mijn ogen, eerst knipperde ik heel heftig, daarna liet ik ze gewoon lopen. Ze las in totaal drie gedichten, ze gebruikte het woord 'wezen' meerdere keren. Ik zat doodstil in het halfdonker. Toen ze klaar was glimlachte en knikte ze, ze ging snel weer op haar plaats zitten, we klapten allemaal uitbundig. Ik snoof terwijl we applaudisseerden, Hase boog wat naar voren en keek naar me, ik nam een slok rode wijn, en toen ik het glas weer wegzette streelde hij mijn arm.

Later, na de voordrachten, gingen we ergens anders naartoe, naar een café met grote ramen aan de straatkant. We kochten pinda's en een hele fles rode wijn, ik kon mezelf achter zijn rug in de spiegel aan de muur zien. Mijn gezicht was streperig, maar dat maakte niet uit. We hadden het over in Kopenhagen wonen en over serieus schrijven, hij zei dat ik de volgende keer iets voor hem moest voorlezen. Ik zei dat ik misschien wel iets uit mijn hoofd kende. Toen we een hele tijd later de Vesterbrogade af liepen begon het te regenen. We gingen onder een afdakje bij een goudsmid staan en ik droeg iets voor wat ik uit mijn hoofd kende. Na afloop stak hij zijn arm onder die van mij en trok me mee de straat over, ik stond een beetje wankel op mijn benen. We gingen naar zijn huis en maakten nog een fles rode wijn open, we aten de kalkoenbout met brood en boter. Ik viel op zijn bank in slaap met de wollen deken over me heen en werd pas laat de volgende ochtend wakker. Er lag een briefje op de salontafel, hij was naar de tandarts, ik moest het me maar gezellig maken. Voor ik wegging, schreef ik op de achterkant van het briefje een berichtje voor hem: Tot kijk, hartelijke groet.

38

Mijn voortuin stond verbazingwekkend vol met witte en gele krokussen, ze kwamen en masse tevoorschijn onder alle bosjes en op het kleine gazon. De zon scheen, ik stond mijn tuinpad te vegen. De trein van tien uur had net het perron verlaten, één enkele passagier was uitgestapt en sjokte nu langs op de weg met haar handtas.

Ze knikte naar mijn gazon en zei: 'Wat een leven.'

'Ja, dat kun je wel zeggen,' zei ik en ik glimlachte naar haar, toen stond Knud op de stoep van het stationsgebouw en wenkte me. Ik zette de bezem neer en slenterde naar hem toe, hij deed zijn armen over elkaar.

'Wil je een kop koffie?' vroeg hij.

'Jawel.'

'Kom mee,' zei hij en ik liep met hem mee door de achterdeur naar het kantoortje achter de balie. Hij trok me opzij en begon me te zoenen in mijn hals en daarna in mijn nek. 'Wil je ook iets *bij* de koffie?' vroeg hij hijgend, en dat wilde ik eigenlijk graag, ik keek uit het raampje naar het perron, er was niemand te zien.

'De volgende trein komt pas over vijftig minuten,' zei hij, zijn broek al half uit.

'Nee, dat is niet waar toch? Die komt zo meteen.'

'Nee, dat is een doorgaande trein.'

'Sinds wanneer?'

'Sinds vandaag.'

'Is er dan een nieuwe dienstregeling?'

'Nee. Het is alleen deze week.'

'Waarom?'

'Zo is het gewoon, meer krijgen wij niet te horen.'

'Ja, maar wat moeten de mensen dan doen?'

'Welke mensen?'

'Die met de trein moeten.'

'Er moet niemand met de trein. Er gaat hiervandaan nooit iemand met de trein van twaalf over tien.'

'Nooit?'

'Nee.'

'Wat nou als ik met de trein moest?'

'Dan kon dat niet,' zei hij, en toen kwam de trein, het was inderdaad een doorgaande trein, hij gierde voorbij met zijn lange rij wagons, een witte plastic tas vloog op het perron de lucht in en landde een stukje verderop.

Toen dronken we onze koffie. Ik zat op de rand van het tafeltje en keek naar mijn bungalow, de ramen stonden open, ik had een enorme drang gehad om te luchten en alles op te frissen, vandaar ook het vegen van mijn tuinpad. Ik had mijn kleren in de badkuip in de week gelegd, truien en sokken, die zouden op de waslijn in de achtertuin in de wind kunnen drogen. Hij zat op de bureaustoel, hij legde zijn hand op mijn knie.

'Jij bent vroeg op vandaag,' zei hij.

'Nee hoor. Dit is heel normaal.'

'Jij slaapt normaal gesproken toch veel langer?'

'Helemaal niet.'

'Maar dan heb jij nog een lekkere, lange middagslaap nodig,' zei hij, ik tikte tegen zijn hand op mijn knie, hij gaf een tik terug. Hij nam een slok koffie en veegde zijn mond af.

'Ik heb gesolliciteerd als treinbestuurder,' zei hij toen.

'Echt waar? Als conducteur?'

'Nee, als machinist. Degene die de trein bestuurt.'

'Vanaf wanneer?'

'Dat weet ik nog niet. Voorlopig heb ik alleen maar gesolliciteerd.'

'Goh. Wat spannend voor je.'

'Ja, het is behoorlijk spannend.'

'Dan kun je mij niet meer de hele dag in de gaten houden vanaf hier. Dat kun je dan alleen nog doen vanuit je woning,' zei ik.

'Nee, want we gaan ook verhuizen,' zei hij.

'Gaan jullie verhuizen? Waar gaan jullie naartoe verhuizen?'

'Dat wordt dus Høje Tåstrup. Daar komt Hanne oorspronkelijk vandaan.'

'Goh,' zei ik.

'Ben je daar verdrietig over?' vroeg hij.

'Neuh. Ik heb niks tegen Høje Tåstrup.'

'Je moet niet verdrietig zijn. Het is ook pas in de zomer. Misschien kunnen we elkaar schrijven.'

'Ha ha.'

'Dat kunnen we toch best doen,' zei hij met een gekwetste klemtoon op 'kunnen', ik kreeg medelijden met hem, met dat harde, driehoekige lichaam op de bureaustoel met zijn poloshirt uit zijn broek. Hij haalde een keer zijn hand door zijn haar.

Ik glimlachte naar hem en zei: 'Ja, natuurlijk kunnen we dat doen.'

Toen ik bij de bungalow terugkwam, was de deur in het slot gevallen. Ik stond op de stoep en trok aan de deur, ik had geen sleutel meegenomen. Hij moest zijn dichtgewaaid door al die tocht tijdens het luchten, de vele open ramen. Ik haalde een roestige tuinstoel en zette die voor het slaapkamerraam. Het lukte me om het raam helemaal open te krijgen en ik kroop op mijn buik via de vensterbank rechtstreeks in mijn bed, en daar bleef ik liggen. Ik was niet echt verdrietig, het was alleen de plotselinge verandering, van het staan met hem in me tot het gescheiden naast elkaar zitten en de mededeling over Høje Tåstrup te horen krijgen, en dat in slechts een paar minuten. Zoals hij had voorspeld lag ik tot ver in de middag in mijn bed, en toen ik wakker werd, liep ik naar buiten en plukte een boeketje krokussen. Ik liep ermee naar het station, hij was bezig de kas op te maken, zijn vriendin stond naast hem in haar grote jekker. Ze keken me allebei verbaasd aan, ik gaf haar het boeketje.

'Alsjeblieft,' zei ik, ze kreeg een vriendelijker uitdrukking op haar gezicht, haar mond werd wat breder.

'Waarom dat?' vroeg hij.

'Ik heb er zoveel,' zei ik.

39

Ik had niets meer op mijn jeugdspaarrekening staan. Om mijn uitgaven laag te houden was ik lunchpakketjes gaan meenemen naar Kopenhagen. Ik at die op een bankje op het Axeltorv, ik keek in de richting van de Scala. Men had nu tafels en stoelen buitengezet, met goed weer zaten er mensen met burgers en ijsdesserts. Hase zag ik niet meer, ik had hem een ansichtkaart gestuurd van het Deens fiets- en brommermuseum en ik had het gevoel dat het een betere vondst was dan de laatste keer, maar hij had niet geantwoord. Ik had een dubbele boterham of een pita-broodje bij me en wat te drinken in een flesje. Als ik had gegeten liep ik soms de Scala in en mixte daar zo weinig snoep als mogelijk. Ik liep de Strøget op en neer en wan-delde door de kleine straatjes achter Rådhuspladsen en daarna de Vesterbrogade af, met mijn heen en weer zwaaiende canvas tas. Als het regende werd die donker-bruin. Ze verkochten goedkope enkellaarsjes naast de Føtex-supermarkt, ik vond een paar in mijn maat en trok ze meteen aan, mijn oude schoenen kreeg ik in een tas mee. De Vesterbrogade leek wel oneindig, ik kocht een groot marsepeinbrood voor een veel te hoge prijs bij een kiosk. Er hing een bepaalde warmte in de lucht die heen en weer golfde tussen de huizen en vanaf het trottoir om-hoogwaaide. Een man fietste langs met een lamp, een vrouw riep hem na. Ik gooide de tas met mijn oude schoenen in een vuilnisbak, helemaal aan het eind van de straat. Daarna draaide ik me om en liep terug via het trottoir aan de overkant, ik sloeg rechts af bij de Enghavevej, liep naar de fietsenzaak en stapte de portiek van Hase binnen. Ik belde bij hem aan maar er werd niet opengedaan. Ik gooide het marsepeinbrood door de brievenbus, hij kwam terecht op iets wat klonk als een krant.

Terug in de Vesterbrogade had ik een blaar gekregen op mijn hiel, maar het was veel te ver naar de vuilnisbak met mijn schoenen. Misschien zou ik ook wel helemaal geen zin hebben gehad om ze te zoeken. Ik trok met mijn ene been, ik kwam maar langzaam vooruit. Bij het Centraal Station stapte ik een apotheek binnen om pleisters te kopen. Er stond een lange rij, de trein van vier uur haalde ik niet. Ik wachtte bij de ingang van het perron op de volgende, ik kocht een hotdog en daarna een stuk zachte noga dat ik in de trein opat. Ik zat met mijn hoofd tegen het raam geleund wat te dommelen, er hing altijd dezelfde geur in de gordijntjes van de trein, ze roken naar een soort brandstof of teer.

Toen ik met een enkellaars in de hand van het station naar huis hinkte, stond de zon laag boven het eind van de weg. Er was post gekomen, drie brieven maar liefst. Een brief van de bank met een waarschuwing vanwege het overschrijden van mijn kredietlimiet. Een van iemand die schreef dat Dorte was opgenomen met wat niet langer een zenuwinzinking mocht worden genoemd. Het ging nu beter met haar, ik hoefde me geen zorgen te maken. Ik mocht haar bezoeken als ik dat wilde, en daarna volgden het

adres en de afdeling, en er was tweehonderd kroon in alu-
miniumfolie bijgevoegd. Ten slotte was er nog een ansichtkaart van Hase in een dikke envelop die uit Praag kwam,
hij was op reis met een oude vriend. Hij zou vrijdag thuiskomen en wilde me zaterdag heel graag het Søndermarkenpark laten zien, als ik zin had. Morgen dus. Ik zat op
mijn stoep. Ik was erg geschokt. De ene enkellaars lag op
de deurmat, de andere had ik nog steeds aan. Zo zat ik
lange tijd. Ik probeerde de dingen van elkaar te scheiden.
Als ik had gerookt, zou ik hebben gerookt. Ik wilde het
Søndermarkenpark graag zien.

40

Dorte zat op haar kamer in een trui en een spijkerbroek, ik had me haar onderweg steeds voor me gezien in ziekenhuiskleding. Ze zat aan een tafeltje met een beker en een sigaret, ze keek op toen ze mij in de deuropening hoorde.

'Nee, hallo schat. Wat lief van je. Kom zitten.'

Er was maar één stoel op de kamer, ze kwam half omhoog maar ik schudde mijn hoofd en zei: 'Nee nee, blijf zitten.'

'O, vind je?' zei ze. Haar kleren hingen vreselijk om haar heen, ze ging weer zitten met de sigaret in de hand.

'Ga dan maar op het bed zitten,' ging ze verder. 'Je hebt waarschijnlijk niets meegenomen?'

'Nee.'

'Mooi zo. Er liggen een paar pepermuntjes in het laatje, wil je er eentje?'

'Nee, dank je.'

'Er is ook kauwgum.'

'Nee, dank je. Hoe gaat het?'

'Het gaat eigenlijk wel goed nu, vind ik,' zei ze.

'Hoe bedoel je?'

'Tja. Ik vind dat het eigenlijk wel goed gaat.'

Ik keek uit het raam. Er was een groot gazon en een perk met blauwe bolplanten, kale berkenbomen, ze bewogen helemaal niet. Het verst weg lag de fjord, wit en roerloos. De bus waarmee ik was gekomen was helemaal naar het water gereden. Twee meisjes en ik waren de enige passagiers, zij zaten te lachen om iets wat het ene in haar tas had.

'Wie was de man die mij de brief heeft gestuurd?' vroeg ik.

'Ik weet niet wie er een brief heeft gestuurd,' zei Dorte.

'Er zat tweehonderd kroon bij.'

'Dan was het Andy. Hij heeft me heel erg geholpen.'

'Is hij Engels?'

'Nee, hij werkt in de keuken.'

'Hier bedoel je?'

'Ja, je mag gerust even naar hem toe gaan om hem te begroeten.'

'Oké.'

'Dat mag gerust.'

'Nou, dan doe ik dat meteen even.'

'Ja, doe maar. Hij heeft van die jukbeenderen,' zei ze.

Hij was niet in de keuken, hij stond in de verblijfsruimte en maakte de vensterbank schoon met een theedoek, hij draaide zich om en glimlachte.

'Hallo,' zei hij.

'Hallo, ik ben op bezoek bij Dorte, dat is mijn tante,' zei ik.

'O, ben jij dat,' zei hij en hij trok zijn ene rubber handschoen uit en gaf me een hand. 'Wat aardig van je om even langs te komen.'

'Bedankt dat je die brief hebt gestuurd.'

'Graag gedaan, hoor.'

'Hoe lang is ze hier al?'

'Tja, nu zo'n tien à twaalf dagen, het gaat al een stuk beter met haar.'

'Ik vind dat ze wat verward overkomt.'

'O, vind je? Dat kunnen best de pillen zijn. Ze krijgt nog steeds een kleine dosering.'

'Waarom is ze opgenomen?'

'Het ging heel slecht met haar. Ze was heel, heel verdrietig.'

'Was er iets gebeurd?'

'Nee. Niet iets specifieks, denk ik. Soms gaat het gewoon zo, boem.'

'Hoe is ze hiernaartoe gekomen?'

'Zoals ik het heb begrepen hebben je vader en moeder haar hierheen gebracht. Dat dacht ik tenminste.'

'Ja,' zei ik.

'Kan dat kloppen? Ik kan best vragen of ze in de papieren willen kijken.'

'Nee, het is goed,' zei ik. 'Hartelijk dank dat je haar zo goed helpt.'

Ik liep naar het toilet en dronk wat water. Alles was hier zo schoon en verlaten. Toen ik terugkwam op haar kamer was Dortes beker leeg. Ik haalde nog wat koffie op de gang, ook voor mezelf. Er stond een stuk marmercake op een schaal, ik pakte een plakje voor ons allebei. Ik zorgde dat ze wat at en liet haar vertellen wat er was gebeurd.

'Het kwam doordat ik net tonijnmousse had gemaakt, met gelatine. Maar toen liet ik de schaal vallen.'

'Ach.'

'Op de vloer dus. Toen wist ik niet wat ik moest doen.' Ze schudde haar hoofd en ging verder: 'Ik stond maar te kijken. Is dat niet raar? Ik kon me helemaal niet bewegen. Ik had het idee dat er overal tonijnmousse lag. Toen werd ik opeens heel bang.'

'Dat begrijp ik best.'

'Echt waar? Ja. Maar nu wordt het heel mooi in de winkel, want je vader heeft me beloofd te schilderen, en dan frist alles op. En je moeder ook.'

Voor ik weer wegging zaten we samen op de rand van het bed. We keken naar de witte fjord, ze leunde met haar hoofd tegen het mijne.

'Gaat het goed met je?' vroeg ze.

'Ja, het gaat goed.'

We spraken heel zacht en zaten heel dicht bij elkaar.

'Moet je nog tentamens doen of zo?' vroeg ze.

'Nu, op dit moment? Nee, die zijn nu nog niet.'

'Aha. Dan kun je het dus rustig aan doen.'

'Ja, dat kan ik.'

Ze klopte me op mijn dij, daarna klopte ze op die van haarzelf. 'Ik wil je deze broek geven, hij zit mij niet zo goed meer.'

'Ik denk dat die te klein is voor mij.'

'Nee, denk je dat? Dan laten we hem gewoon uitleggen.'

'Spijkerbroeken kun je volgens mij niet echt uitleggen.'

'Jawel, dat kan best. Je kunt een geer maken.'

'Dat is lief van je.'

'Ik kan hem op dit moment niet goed missen, maar als ik weer thuis ben krijg je hem. Het is een echte Levi's, uit de Bilka.'

'Ontzettend bedankt.'

'We kunnen ook een keer naar de Bilka gaan.'

'Ja, dat kunnen we best doen.'

'Dat zou heel fijn zijn.'

Toen ik bij de bushalte kwam was de bus acht minuten geleden vertrokken, en het duurde nog anderhalf uur tot de volgende. De meeuwen hingen geluidloos boven het water. Ik begon te lopen, ik kon net zo goed lopen.

41

De hele maand april bleef ik in Glumsø. Als ik kon sliep ik. Ik at, en ik zat aan mijn tafel. Ik maakte iedere middag een wandeling, ik liep steeds verder de hoofdweg af, voordat ik me omdraaide en terugliep. Ik kwam niemand tegen die ik kende. Het koren stond nu op de velden, de zwaluwen schoten met korte rukjes omhoog, de mirabellen bloeiden. Er was een tweedehandswinkeltje gekomen naast de boekhandel, om de dag stond ik daar in de bakken te rommelen. Ze kregen vooral tafelkleden en kussenslopen binnen, het was niet als in Kopenhagen. Ik kocht een stuk stof met citroenen erop, uiteindelijk gooide ik het weg. Knud stond in zijn pauzes op de stoep in de zon, hij zwaaide naar me. Ze waren al zo'n beetje begonnen met opruimen en inpakken, ze hadden een oude boekenkast uit elkaar gehaald, die stak uit een container op de parkeerplaats. Ik ging in mijn roestige tuinstoel onder de appelboom in de voortuin zitten om een kleurtje te krijgen, een paar keer zag ik een gezicht vanuit een treincoupé naar me kijken.

Ik had een heftige ansichtkaartencorrespondentie met Hase, eerst stuurde hij me er een van het Søndermarkenpark. Nu je toch niet bent gekomen, schreef hij. Ik kom binnenkort, schreef ik. Doe dat, schreef hij terug, ik verheug me erop je weer te zien, ik heb een tweede fiets en een trenchcoat, dan rijden we naar Hvidovre en zien we de straatverlichting aangaan. Ik wil liever achterop zitten, schreef ik, dan kan ik me aan je trenchcoat vasthouden, ik voel er niet zoveel voor om zelf te fietsen in Kopenhagen. Dat mag, maar Hvidovre is geen Kopenhagen, je moet nog veel leren, schreef hij, en daarna: ik heb iemand ontmoet die jij ook moet ontmoeten, ze woont in Vanløse, dat is ook geen Kopenhagen. Ze wil graag samen met ons teksten lezen, ze is bijna schrijfster, ze zit op een school. Je gelooft het niet maar ik kwam haar tegen in de Scala. Wat voor teksten, ik schrijf geen teksten, schreef ik. Ze kan op 10 mei, schreef hij, dan heeft ze een gaatje in haar agenda. Het zou veel voor me betekenen als je zou komen, ik trakteer op een groot glas bier.

Zij had liever koffie. We zaten aan hetzelfde tafeltje als die keer dat ik Hase ontmoette. Hij had nu heel lang haar, dat stond hem goed. Als zijn haar voor zijn gezicht viel deed hij het achter zijn oren, dat gaf hem een smaller gezicht. Zijn ogen waren stralendblauw. Ik had helemaal niet gezien dat ze zo blauw waren. Misschien kwam het doordat hij een kleur had gekregen, de zon had drie weken lang iedere dag geschenen.

'Wat ben je bruin geworden, Hase,' zei ik.

'Dat is van het solarium,' zei hij en hij lachte, en zij lachte ook, ze had een klaterende lach, en toen lachte ik ook.

'Haha,' zei ik.

'Nee, ik heb de laatste tijd veel in de tuin zitten lezen,' zei hij.

'Heerlijk,' zei ze.

'Ja, je hebt echt een heerlijke tuin,' zei ik.

'Ja,' zei hij, 'en zaterdag ben ik de hele middag in Nyhavn geweest, met een oude vriend van me.'

'Je trompetvriend?' vroeg ik.

'Speel jij trompet, Hase?' vroeg zij.

'Nee nee, geen noot,' zei ik en ik lachte, en Hase lachte ook, hij schudde zijn hoofd, zijn haar kwam weer achter zijn oor vandaan.

We zouden het fugagedicht doornemen. Hij had het voor ons gekopieerd, we zaten het ieder voor zich door te lezen, zij dronk ondertussen van haar koffie. Toen moest ze naar het toilet, ze glimlachte en ging staan, ze nam haar tas mee.

'Waarom mag je haar niet?' vroeg Hase.

'Ik mag haar heus wel.'

'Ik vind haar behoorlijk scherp.'

'Ze lijkt me nogal gladjes. Ook met dat haar.'

'Dat is toch maar gewoon een stijl.'

'Wat je stijl noemt,' zei ik, en hij zoog zijn wangen naar binnen en leunde achterover tegen zijn trenchcoat op de rugleuning. Ik bekeek het gedicht, plaatste een paar uitroeptekens met mijn stift en onderstreepte iets. Ze kwam terug van het toilet, ze had lippenstift opgedaan, die was heel donkerrood. Ze ging al ritselend weer op haar plek zitten.

Ze zei: 'Ja, nu ben ik natuurlijk geen dichter.'

'Nee,' zei Hase.

'Wat ben je dan?' vroeg ik.

'Ik ben prozaïst.'

'Ze schrijft korte verhalen.'

'Onder andere,' zei ze.

'Novelles dus?' vroeg ik.

'Nee, korte verhalen. Onder andere,' zei ze. 'Maar ik vind dat dit gedicht veel goeds in zich heeft. Je hebt heel veel met de cadans gewerkt. Maar je kunt best wat snoeien in de bijvoeglijke naamwoorden.'

'Ja, die bleke hand is waarschijnlijk een beetje te veel van het goede,' zei Hase.

'Bijvoorbeeld,' zei ze, 'probeer eens te kijken wat er gebeurt als je alleen "hand" schrijft. Misschien is dat al voldoende. Je kunt in de meeste gevallen met veel minder toe.'

'Er is toch ook wel wat body nodig,' zei ik.

'Niet als daar geen reden voor is,' zei ze. 'Zo werk ik in ieder geval. Ik vraag me voortdurend af: waarom moet dat erin, waarom moet dat erin? En als ik er geen reden voor kan vinden, dan komt het er niet in.'

'Oké,' zei ik, en Hase knikte.

'Dat is eigenlijk het beste advies dat ik kan geven. Er zijn zoveel dingen die mooi klinken, er is zoveel dat je erin kunt stoppen. Je kunt er van alles in stoppen. Maar er moet een reden voor zijn. Iedere gek kan een grappig mannetje met een hoed in de tekst stoppen.'

'Of een ontluikend schrijver. Of een vrouw op een brommer,' zei ik. Hase keek me aan.

'Ja, precies,' zei ze.

'Ik weet niet zeker of ik het daarmee eens ben,' zei ik. 'Soms gebeuren dingen ook gewoon.'

'Ja,' zei ze. 'Maar alleen in de werkelijkheid. En nu hebben we het dus over teksten.'

Ze had om vier uur een afspraak in de Havnegade, dus het werd een korte bespreking. We gingen allebei staan en gaven haar een hand, Hase haalde twee grote glazen bier. Ik keek naar buiten op het Axeltorv. Er waren nu bloemen in de potten buiten, ze leken op die uit Haslev. Mensen zaten met elkaar te praten of stonden de fontein te bewonderen, Hase zette een glas klotsend bier voor me neer.

'Dan zijn we nu met zijn tweeën,' zei hij.

'Ja.'

'Dan gaan we nu bier drinken. En dan gaan we met elkaar praten.'

'Ja, dat doen we,' zei ik en ik nam een grote slok, ik voelde me thuis en opgelucht nu we weer alleen waren. 'Vandaag zouden we de dag in Tivoli moeten afsluiten,' zei ik en ik zette mijn glas neer, en hij glimlachte over de rand van zijn glas naar me.

'Alles ligt in jouw handen,' zei hij.

42

Ik schreef te veel over die deuropening. Daar stond ik met een picknickmand vol keukenspullen. Daar stond ik naar Knud te kijken. Daar liep hij midden op de weg met mijn geblokte koffer, naar het station. Ik liep achter hem aan, de lucht was warm en zacht.

Hij zette de koffer bij het spoor neer, daarna draaide hij zich om en stak zijn hand op om te groeten, ik stak ook mijn hand op.

'Bedankt voor de hulp, succes,' riep ik.

'Schrijf,' riep hij en hij rende zijwaarts naar het kantoor, binnen stond een klant te wachten. Hij bleef zwaaien, daarna verdween hij achter de deur.

Het ruiste heel in de verte. De seringen bloeiden. Dit zou in de tegenwoordige tijd geschreven moeten worden, ik schreef niet.

Bij de productie van dit boek is gebruikgemaakt van papier dat het keurmerk Forest Stewardship Council (FSC) draagt. Bij dit papier is het zeker dat de productie niet tot bosvernietiging heeft geleid. Ook is het papier 100% chloor- en zwavelvrij gebleekt.